ベリーズ文庫

官能一夜に溺れたら、
極上愛の証を授かりました

美森 萠

STARTS
スターツ出版株式会社

目次

官能一夜に溺れたら、極上愛の証を授かりました

官能一夜に溺れたら、極上愛の証を
授かりました

プロローグ

指先が頬を滑る。私の輪郭を確かめるように眉から頬骨、顎となぞったあと、熱い手のひらが頬に添えられた。

「……美海《みうみ》」

初めて下の名前で呼ばれ、閉じていた目蓋を開く。互いの瞳がかち合った。

「貴裕《たかひろ》さん……」

その瞳は想像していたよりずっと情欲に濡れていて、彼がこの瞬間を待ち焦がれていたのだと悟る。

熱い瞳に射抜かれ、私の身体の奥にちりっと小さく火が灯った。

「ずっと君に触れたかった」

吐息と共にこぼれた言葉が、私の鼓膜を揺らす。

「……私も」

こうなって、思い知った。私の方こそ、この瞬間を待ちわびていた。

あなただけのものになりたい。自分でも驚いてしまうほど強い気持ちが胸の奥から溢れ出てくる。

「美海」

もう一度、噛みしめるように貴裕さんが私の名前を呼ぶ。口づけの予感がして、私は再び目蓋を閉じた。

長くて短い一週間のはじまり

　開け放たれた窓から、時折吹き込んでいた生ぬるい潮風がやんだ。昼の間、まだまだ鋭く感じた晩夏の日差しが、ほんの少し和らいだような気がする。そろそろ時間かな、でももうちょっと、切りのいいところまでと、最後に残った大鍋をごしごしと洗う。綺麗に洗い終え、私は濡れ手をタオルで拭いて、エプロンを脱いだ。

「素子《もとこ》さん、そろそろ上がってもいい？」

「あら、もうこんな時間？　遅くまでごめんね。貴斗《たかと》が待ってるだろうから、早く行ってあげて」

「ありがとう。お疲れ様でした」

　快く送り出してくれた素子さんにお礼を言って、私は宿の裏口から外に出た。

　食堂の窓から、早めの晩酌を始めたお客さん達の賑やかな声が聞こえてくる。今日の釣果はまずまずだったらしい。智雄《ともお》さんが腕を振るった料理が出されるたびにお客さん達から歓声が上がる。

　私が勤める『ひぐらし荘』は、瀬戸内海《せとないかい》に浮かぶ小さな島、諏訪島《すわじま》にある民宿だ。

この島周辺にはいい釣り場が多いから、ひぐらし荘には釣り目当てで泊まりに来るお客さんがとても多い。その他にも、ネットで見て気に入ったと言って泊まりに来てくれる人もいる。十数人も泊まれば満室になる小さな宿だけれど、オーナーで料理人でもある智雄さんの素朴かつ豪快な料理と、奥さんである素子さんの温かな人柄のおかげでお客さんが絶えることはない。島でも人気の宿だ。

今から三年半ほど前、私は東京《とうきょう》から故郷であるこの島に帰って来た。家族はいない。母は私が生まれてまもなく病気で、父は高校生の時に海の事故で亡くなっている。親類は皆この島を出てしまっていて、身寄りと呼べる人もいない。母の幼馴染みだった素子さんが、東京でひとりで貴斗を産もうとしていた私のことを島に連れ帰ってくれた。それからは、素子さんと智雄さん、そしてふたりの子供で私より二歳年上の雄《ゆう》ちゃんが本当の家族のように私のことを支えてくれている。

帰って来たばかりの頃は、つらくて泣いてばかりだった。でもこんな私でも、あの頃よりは強くなったと思う。

「貴斗、お待たせ。帰ろっか」

「あ、ママきた！」

保育園の砂場で遊んでいた貴斗が、「ママ～」と声をあげて私目がけて走ってくる。

「捕まえた！」

勢いよくぶつかってきた小さく柔らかな体を、私はギュッと抱きしめた。貴斗のはしゃぐ声が園庭に響き渡る。そのまま貴斗を抱き上げ、私は担任の先生の元へ向かった。

「あ、須崎《すざき》さんこんにちは。貴斗くん、今日も元気よく遊んでましたよ。お昼寝の時に汗かいちゃったのとお砂場遊びで汚れちゃったんで、今日は二回着替えさせてます」

「わ、すみません。ありがとうございます」

先生から貴斗の着替えが入ったビニール袋と通園鞄を受け取り、私は頭を下げた。

「ばいばい貴斗くん、また明日ね」

「ん……、ばいばい」

さっきまではしゃいでいたのに、貴斗はもう眠そうだ。目を擦《こす》りながら、先生に力なく手を振っている。

「あら、ママに会って安心したのかな？」

私にくったりと体を預ける貴斗を見て、先生がくすりと笑った。腕の中の重みと温かさをたまらなく愛しいと感じる。

「それじゃ、失礼します」

保育園をあとにして、島に帰って来た時に購入した中古の軽自動車に貴斗を乗せた。疲れ切ったのか、貴斗はチャイルドシートに乗せても目を覚まさない。無邪気な寝顔が可愛くて、つい笑みが漏れた。と同時に、込み上げてくるものがある。

貴斗は、彼によく似ている。さらさらの茶色がかった髪も、長い睫毛《まつげ》も、好奇心に満ちた綺麗な瞳も。貴斗に宿る彼の面影は、時折私の心を弱らせる。でも――。

誰よりも、大切で愛しい貴斗。私はあなたのためなら、どんなことも乗り越えられる。貴斗を育てていくうち、私は涙を忘れた。……思い出も過去も捨てた。私ひとりで、貴斗を立派に育ててみせる。

貴斗の頭をそっと撫で、私は運転席に乗り込んだ。

翌日の金曜日は、朝から快晴だった。湿気も少なくて気持ちがいい。週末にかけてのひぐらし荘は、ほぼ満室。開園時間と同時に貴斗を保育園に預け、私はひぐらし荘に出勤した。

私や他のパートさん達は朝から宿泊のお客様のチェックアウト業務、客室の清掃や備品のセッティングにリネン類の洗濯、宿周辺の掃除とずっと動きっぱなしだ。

「美海、この野菜どこに置いたらいい？」

お昼過ぎ、休憩室で智雄さんが作ってくれた賄いを食べていると、雄ちゃんが帰って来た。役場はちょうどお昼休みの時間だから、昼食を食べに帰って来たところを、業者さんに捕まったのだろう。

雄ちゃんはひぐらし荘は継がず、島の役場に勤めている。もっとこの島に観光客が来てくれるようにと、その仕事を選んだらしい。自分の仕事もあるのに、週末や時間がある時は宿の仕事を手伝ってくれる。

「智雄さんが戻ってきたら下ごしらえを始めると思うから、厨房の調理台の上に置いておいてくれる？」

「了解」

智雄さんは先に食事を済ませ、外で煙草を吸っている。私が賄いを食べ終える頃には戻ってくるはずだ。雄ちゃんは私が食べている賄いを覗くと、目を輝かせた。

「おっ、今日は荒炊きかぁ。うまそうだな」

「雄ちゃんの分もあるよ。食べていくんでしょ？」

「いや、お客さんの迎えに行ってからにするわ」

そういえば、早朝から船釣りに出ているお客さん達が、そろそろ帰って来る頃だ。

私か素子さんが港まで迎えに行くことが多いけれど、たまに雄ちゃんが代わってくれる。

「あ、それと貴斗のお迎えも俺が行ってやるから」

「柚子《ゆず》ちゃんを迎えに行くの？　薫《かおる》さんは？」

「昨日から東京なんだよ。研修でさ。柚子はばあばんちに送ってくる」

「そっかぁ。薫さんも相変わらず忙しいね」

「だよなー。おかげでデートもできやしねぇ」

なんて、愚痴だか惚気《のろけ》だかわからないことを言っている。

雄ちゃんには三歳年上の彼女がいる。雄ちゃんと同じ役場に勤める本荘薫《ほんじょうかおる》さんという人で、元の旦那さんとは、娘の柚子ちゃんが生まれてすぐ離婚したと聞いている。ふたりが離婚したのは私が島に帰る以前のことだから、詳しい経緯は私も知らない。あまりよくない別れ方だったということだけ、雄ちゃんからちらりと聞いている。

薫さんは私と同じシングルマザーであり、ワーキングマザーでもある。実は、雄ちゃんの直属の上司だ。

美人で、柚子ちゃんのこともしっかり見ながら仕事もバリバリこなす薫さんに一方的に惚れ込んだのは雄ちゃんの方だ。最初は薫さんもお互いの立場や、年齢の差を気にして、なかなかOKしてくれなかったそうだ。それがとうとう雄ちゃんの猛攻に折れたのが一年ほど前。晴れてふたりはつき合うことになった。

雄ちゃんはつき合ってすぐに結婚を意識して、ことあるごとにプロポーズをしている。でも、薫さんはなかなか応えてくれないらしい。雄ちゃんはというと、「まあ気長にいくよ」なんて長期戦も辞さない構えでいる。

柚子ちゃんも雄ちゃんに懐いているし、うまくいってくれたら私も嬉しい。でも、なかなか雄ちゃんに応えられない薫さんの気持ちも、わかるような気がするのだ。

体は新しい日常に踏み出していても、心に区切りをつけるのは難しい。悲しい別れを経験しているなら尚更。……私もそうだったから。

「今日すっごく忙しいからお迎え助かる。ありがとね」

「おう、任せとけ。じゃあな」

パッと片手を上げて、雄ちゃんは慌ただしく出かけていった。


「美海ちゃん、お客さんのお迎えを頼める?」

「あれ? まだチェックインが済んでないお客さんいた?」

素子さんに声をかけられたのは、十七時過ぎ。もうそろそろ夕食の配膳が始まるという頃だった。

「急だけど予約が入ったの。藤の間だけ空いてたでしょ？　ちょうどいいと思って」

ということは、これで今日のひぐらし荘は満室だ。客室の用意は万全だし、今から一組増えたところで問題はない。それに、盛況なのは私も嬉しい。

「わかりました。でもこっちは大丈夫？」

「うん、他のパートさんもいるし、もうすぐ雄介《ゆうすけ》が帰って来るから」

今日は遅番のパートさんがふたり入っている。雄ちゃんは今、貴斗と柚子ちゃんのお迎えに行っているから、ちょうど私と入れ違いくらいで帰ってくるだろう。パートさんに加えて、雄ちゃんも手伝ってくれるなら安心だ。

「素子さん、お客様のお名前は？」

さっきまで普通に話していたのに素子さんからの返事がない。

「素子さん？」

私の耳の後ろ辺りを見てぼーっとしていたかと思うと、素子さんはフロントに常備してあるウェットティッシュを一枚取り出して、突然電話やカウンターを拭き出した。なんだか落ち着きがなくて、いつもの素子さんらしくない。

「ねえ、素子さんったら！」

「えっ、美海ちゃんなんか言った？」

「だから、お客様のお名前は？」

「えっ？　ああ、お客様ね。……時田《ときた》様っていう男性の方よ」

「……時田？」

覚えのある名前に、心臓が音を立てた。貴斗の父親と同じ名字だ。

「そうだけど……それがどうかした？」

熱心に掃除をしていた手を止めて、素子さんが私を見た。素子さんの顔が、少し強張っているように見えるのは、私の気のせいだろうか。

「……ううん、なんでもないの。知り合いと同じ名前だったからちょっとびっくりしちゃって」

まさか、そんなわけない。素子さんに答えながら、浮かんだ考えを必死に打ち消した。東京でリゾート関連の会社の社長をしている彼が、今さらこんなところにまでやってくるはずがない。

「おひとりでいらっしゃるからよろしくね」

「了解、時田様ね。智雄さん、私お客様のお迎えにいってきます」

「おう、頼むな！」

厨房で忙しくしている智雄さんにも声をかけて、私は足早に外に出た。

いつも送迎に使っているワンボックスカーは、雄ちゃんが貴斗と柚子ちゃんのお迎えに使っている。となると、残っているのは荷物運搬用の軽トラのみ。お客様をびっくりさせてしまうかもしれないけれど、他に車がないから仕方がない。車内を見苦しくない程度に片付け、私は運転席に乗り込んだ。

諏訪島唯一の玄関口である諏訪港は、島の南側、ひぐらし荘からは車で十分ほどの場所にある。私はフェリーターミナルの駐車場に軽トラを停め、助手席に置いていたボードを手に取った。ターミナルに降りて来たお客様に、ひぐらし荘からの迎えであると気づいてもらうためのものだ。

『歓迎　ひぐらし荘』とプリントしてある文字の下に、水性のマーカーで、時田様と書く。ボードを持って、ターミナルの中へと向かった。

最終便は、思っていたほど混んではいなかった。乗客の下船はすぐに終わり、建物の中に次々に人が入って来る。

最終便を使うのは、夏休みを使って帰省してきた学生や親子連れ、それに仕事で島と本土を行き来している人達くらいだ。観光目当ての乗客は、少しでも長い時間島に滞在できるよう、午前中の便を利用することが多い。

例外は釣り客だ。翌朝早くから朝釣りを楽しむためだけに来島する人もいる。仕事を終えて、そのまま釣り道具を持って、島に渡って来るのだ。だから私は、今回のお客さんも、てっきりそういう人だと思い込んでいた。目につきやすいようボードを高く掲げて辺りを見回しても、釣り客らしき人はもう見当たらない。

「あれ、おかしいなぁ……」

数えるほどしかいなかった釣り具を持った乗客は、私が掲げているボードに目を留めることもなく通り過ぎて行った。

「時田様、時田様いらっしゃいませんかー？」

何度か呼びかけてみても、私の声に反応する人はいない。ひょっとしたら、名前を間違えてるのかも。それとも、フェリーに乗り遅れた？　それなら、ひぐらし荘に連絡が入っているかもしれない。素子さんに連絡してみようと、ジーンズの後ろポケットからスマホを取り出した時だった。

「……美海？」

自分の耳を疑った。

私を呼ぶ、懐かしい声。ずっと忘れたくて、でもたまに夢に現れては、私に忘れることを許さなかった。

そんな、まさかと思いながら、おそるおそる振り返る。フェリー乗り場に続く自動ドアの前に、その人が立っていた。

「貴裕さん……」

のどかな島には、およそ不似合いな三つ揃え。仕事を途中で切り上げ、そのまま飛んできたのだろう。少し乱れた前髪が、ふたりが初めて出会った夜を思い出させる。

「どうしてここに——」

私が言い終わるのを待たずに、いきなり視界が塞がれた。懐かしい匂いに包まれて、頭の中がさらに混乱する。

貴裕さんは人目も憚らず私を抱きしめると、感極まった声でこう言った。

「やっと……やっと会えた」

貴裕さんは、きつく私を抱きしめたまま離そうとしない。フェリーターミナルでは、知り合いも多く働いている。こんなところを見られたら、あとでなんて言われるかわからない。

「貴裕さん……、貴裕さん！」

焦って貴裕さんの背中をパチパチと叩く。ようやく我に返ったのか、貴裕さんは体を解放してくれた。

「ああ、悪い。つい……」

自分のしたことに今さら気づいたのか、貴裕さんもバツの悪そうな顔をしている。

「貴裕さん、ひょっとして私のことを捜していたの？」

「ああ」

「あれから、ずっと？」

「……そうだよ」

頷《うなず》く貴裕さんに、思わず眉をひそめてしまう。

貴裕さんはあの人と結婚して、会社も継いで幸せに暮らしているはずだった。今さら私なんかに会いに来る理由がない。

「君はなにか誤解しているみたいだけど……」

憂いを帯びた目で、貴裕さんが私を見る。

「誤解？」

貴裕さんの言葉に、鼓動が早鐘を打つ。いったい、私がなにを誤解しているっていうの？

「話をしよう、美海。……俺は、君を取り戻すためにここに来たんだ」

貴裕さんの強い意志を感じさせる視線に、ぐらりと地面が揺れた気がした。

貴裕さんは直々に、ひぐらし荘に予約を入れていた。

「私がいるって知ってて？」

「そうだよ。ようやく君の居場所がわかって、すぐにスケジュールを調整した。いつ東京を発てるかわからなかったから、直前に予約を入れる羽目になったけど」

ということは、私の現状もある程度把握しているということだ。……ひょっとして、貴斗のことも？

不安になって貴裕さんの様子を窺ってみても、貴斗のことを口に出す気配はない。

突然のことに動揺して、心臓の音が鳴りやまない。それでも私は宿のスタッフとしての仕事を全うすることにした。

「とりあえず、宿に案内するわ。車を持ってくるから、ここで待っていて」

「わかった」

軽トラでターミナルの入り口に乗り付けると、声に出さずとも、貴裕さんが驚いたのがわかった。

「……これを美海が運転するの？」

「そうよ。荷物預かるね」

まだどこかぽかんとしている貴裕さんに手を差し出すと、反射的にボストンバッグを私に預けてくれた。

東京にいた頃も花の仕入れや配達でバンを運転してたのに、なにをそんなに驚いてるんだろう。不思議に思ったけれど、そういえば私達は、お互いのことをそこまで深く知らない。

ああ、そうか。そういう姿も見せる前に、私達は別れてしまったのだ。

「鞄、荷台に積んでもいいかな」

「構わないよ」

見るからに高価そうなボストンバッグを、軽トラの荷台に乗せる。ハイブランドのバッグをこんな扱いにしていいのかなとちらりと過《よぎ》ったけれど、荷台にはシートが敷いてあるし、まあ問題ないだろう。荷台の荷物を盗むような人もこの島にはいない。

貴裕さんの方に回り、助手席のドアを開ける。

「どうぞ」

「ありがとう」

感じよく微笑むと、貴裕さんはすらりとした肢体を窮屈そうに屈め、軽トラの助手席に乗り込んだ。

古いせいか、あまり機能しない空調の音だけが車内に響く。先に沈黙を破ったのは、貴裕さんの方だった。

「美海は、元気にしてたの？」

「……ええ、変わりないわ」

本当は、もっと聞きたいことがあるんだと思う。でも貴裕さんも、なにから話せばいいのかわからないのだろう。私もどういう態度を取るのが正解なのかわからなくて、つい黙りこんでしまう。

結局ろくに言葉を交わすこともなく、あっという間にひぐらし荘に着いた。

宿の駐車場には、雄ちゃんが乗っていったワンボックスカーがすでに停まっていた。貴斗のお迎えは済んだのだろう。きっとふたりとも、宿の奥にある住居スペースにいるはずだ。

大丈夫、とりあえず貴斗と貴裕さんが鉢合わせすることはない。

「貴裕さん、中に案内するね」

ホッと安堵の息を吐いて、貴裕さんに話しかけた。

「いい宿だね」

ひぐらし荘は、諏訪島の東側、海に面した小高い丘の上に建っている。建物自体は簡素でそんなに飾り気もない。それでも庭には素子さんと私が手を入れた花壇があって、お客さんを季節の花で歓迎している。庭先で地元で取れた魚を干しているのもなかなか風情があると言って、喜んで写真に収めていく人もいる。

「……この花壇は君が？」

貴裕さんが、花壇を見下ろして目を細めた。……昔のことを思い出しているのかもしれない。

「ううん、私は少し手伝うくらい。オーナーの奥さんが管理してるの」

素子さんは、私の好きにしていいと言ってくれた。でも元々は素子さんが丹精込めて手入れしてきた庭だから、私は水やりをしたり草取りをしたりとちょっとした手伝いをするくらいに留めている。

東京にいた頃を思い出すきっかけになるようなことには、極力手を出したくなかったというのもある。

「可愛い花壇だね。なんだか心が和むよ」

「ありがとう……」

咲き誇る花々を前に貴裕さんと話していると、錯覚を起こしそうになる。

お店でふたりで花の話をして、少しずつ仲よくなって……。以前の私は、あの幸せだった日々がずっと続くと信じていた。

「貴裕さん、こっちよ」

感傷に浸っている場合じゃない。私は荷台から荷物を取って、貴裕さんを宿の中に案内した。

夕食の時間はとっくに始まっていて、食堂はお酒も入ったお客さん達の声で賑やかだ。フロントのすぐ隣が食堂で、厨房と忙しそうに行き来する素子さんとパートさん達の姿が見えた。やはり雄ちゃんと貴斗が宿側にいる気配はない。今のうちに受付を済ませ、さっさと部屋に案内してしまえば貴裕さんと貴斗が鉢合わせる心配はないだろう。

「ここに名前と住所を書いてもらえる？」

「ああ」

宿帳を開いて、貴裕さんにボールペンを手渡した。貴裕さんはさらさらとボールペンを紙に滑らせる。以前と変わらず、男らしく力強い、それでいて美しい文字だ。彼が花束やアレンジに添えるカードを書くのを、何回も見て来た。ふたりで過ごした懐かしい日々が、また蘇りそうになる。「ダメダメ、今は仕事に集中」と心の中で唱えて、私はスタッフの顔に戻った。

「貴裕さんのお部屋は藤の間よ。案内するね」

そう言ってもう一度彼の荷物を持とうとすると、なぜか今度は遮られてしまった。

「貴裕さん？」

「いいよこれくらい。自分で持つ」

「でも、貴裕さんはお客様なんだし……」

フロントで押し問答をしていると、玄関の自動ドアがさっと開いた。

「ママ！」

私を呼ぶ高い声にじわりと汗が滲む。園に迎えに行った時いつもそうするように、私を目がけて貴斗が突進してくる。私の足にしがみつくと、貴斗は私に向かって手を伸ばした。

「ママ、だっこ」

「……貴斗。おかえりなさい」

同じ目線になるように腰を下ろし、貴斗を抱き上げた。

なんてタイミングが悪いの。とっくに奥に行っていると思ってたのに。しかもよりによって、表の玄関から入って来るなんて。

「貴斗……？」

小さな声で名前を呼んで、貴裕さんが大きく目を見開いた。次の瞬間、くしゃりと顔が歪む。ああ、やはり彼は貴斗のことを知っているのだ。

こうして、ふたりを見比べると、本当によく似ているのがわかる。……そして、きっと今、貴裕さんも同じことを思っている。

まだなにもわからない貴斗のことを気遣っているのか、貴裕さんは不用意に貴斗に話しかけようとはしなかった。

「ママぁ」

知らない人に見つめられて驚いたらしい。少し怯えた顔で、貴斗が私の首にギュッと抱きついた。

「貴斗ダメだろ。ひとりで走って行っちゃ。っと、失礼しました。いらっしゃいませ」

貴斗に少し遅れて、雄ちゃんが玄関ホールへやって来た。貴裕さんを見て、ぺこりと頭を下げる。

「……雄ちゃん、おかえりなさい」

「遅くなってごめん。貴斗が海に行きたいって言うから、ちょっと散歩してきた」

「そうなんだ……」

「貴斗疲れてるだろうから先にお風呂に入れてくるな。……美海、どうかしたのか？」

表情に出ていたのか、雄ちゃんは私に近づくと、小声で囁いた。

「あ、うん。この人、私の古い知り合いなの。これからお部屋にご案内するから、素子さんに食事の用意をお願いしてもらえる？」

「わかった。言っとく」

雄ちゃんは貴裕さんのことを一瞥すると、表情を和らげた。

「お騒がせしてすみません。貴斗、向こうに行くぞ。ママはまだお仕事中だ」

貴斗に向かって「おいで」と両手を差し出す。

「いやぁ、ママがいい～」

普段は雄ちゃんにべったりなくせに、なにか感じるところがあるのか、貴斗はいやいやと首を振って私から離れようとしない。貴斗が落ち着くように背中をさすっていると、それまで黙って事の成り行きを見守っていた貴裕さんが口を開いた。

「……貴斗くんっていうんだね。こんにちは」

突然話しかけられ、貴斗は声も出さずに貴裕さんを見つめている。

「ご、ごめんなさい貴裕さん、貴斗人見知りで……」

「おいで、俺が抱っこしてあげよう」

「だっこ？」

「そうだよ。おいで」

きょとんとしている貴斗に、貴裕さんが手を伸ばす。驚いたことに、普段慣れていない人に抱っこをされると嫌がって大泣きする貴斗が、大人しく貴裕さんの腕に抱かれた。

「……可愛いね、貴斗」

「うん、たかとかわいいでしょ！　おじちゃんもおばちゃんもみーんないうよ」

可愛いなんて言われて嬉しかったのか、貴斗が無邪気な返事をする。

「そっか……、貴斗はみんなに可愛がられてるんだな」

貴裕さんは、愛おし気に貴斗の頭を撫でている。彼の瞳が薄っすらと潤んでいるのがわかった。

「それなのに、俺は……」

そう言って、貴裕さんは貴斗をギュッと抱きしめた。彼が心の中で自分のことを責めているように見えて、私は思わずふたりに駆け寄った。

「貴裕さん、ありがとう。貴斗、おいで」

「はい、ママ」

私が手を伸ばすと、貴斗はあっさりと私に抱きついた。名残惜しそうな顔をしている貴裕さんに、ごめんね、と目で合図を送る。

「貴斗、雄ちゃんが言うようにママはまだお仕事中なの。素子おばちゃんのおうちで待っててくれる？」

「いやぁ、たかとママがいい」

「貴斗、お願い。お仕事が終わったら、ママがご本読んであげるからね」

貴斗の背中をポンポンと優しく叩きながら、そう言い聞かせる。

「ママすぐくる？」

まだ口はへの字で今にも泣きそうな顔をしているけれど、貴斗も少し落ち着いてきたようだ。

「うん、すぐ貴斗のところに行くからね」

「……わかった」

貴斗はうんと頷くと、今度は「ゆうちゃんだっこ！」と手を伸ばした。切り替えの早さに雄ちゃんも苦笑している。

「はいはい、おいで貴斗」

「はーい」

「……貴斗！」

貴裕さんが名前を呼ぶと、貴斗は「おにいちゃんばいばい！」と屈託のない笑顔で手を振った。

「貴斗は俺の子だよな？」

部屋に入るなり、貴裕さんはそう私に聞いてきた。どう答えるべきか迷っているうちに、返事を逃してしまう。貴裕さんは、それを肯定と受け取ったらしい。ネクタイを緩めながら座布団の上にぺたんと座ると、「そうか、あの子が」と呟いた。

「貴裕さん、やっぱり知ってたのね」

「ああ、美海の居場所と同時に貴斗のことも知った。……こんなに長い間、ひとりにしてごめん。君と連絡が取れなくなってすぐ方々手を尽くしたけど、どうしても見つけられなかったんだ」

「そう……」

貴裕さんが、私のことを捜していた。その事実に、どこかホッとしている自分がいる。

勝手に自分でいなくなったくせに、貴裕さんが私を追ってこないことに、理由を探していた。私のことを、怒っているのだろう。それとも、私のことなんてもう忘れてしまったのかも。心のどこかで、『貴裕さんはそんな人じゃない』と否定をしながらも、過去の私は、そう思い込むことで、気持ちに区切りをつけようとしていた。

「……だけど、美海はもうとっくに前に進んでたのかな」

「どう言う意味？」

「あの雄ちゃんって人。貴斗がやけに懐いてるから」

「違う。違います！」

貴裕さんは、私と雄ちゃんの仲を勘違いしたのだ。おかしくて、つい吹き出してしまった。

「雄ちゃんはここのオーナーの息子さんなの。私にとっては兄みたいなもので」

「そうなのか？」

「ええ」

私が頷くと、あからさまにホッとした顔をする。

「よかった、美海にそういう相手がいなくて」

「……いてもいなくても、貴裕さんにはもう関係ないじゃない？」

「本当に、そう思ってるのか？」

硬い声に心を揺さぶられる。

「俺の話、聞いてくれるか?」

両肩を掴まれ、強い視線に捕らわれた。こんな日が来るなんて思ってもいなかった私は、耐え切れなくて目を逸らしてしまう。

「でも……今さら、話すことなんて」

「美海」

真っすぐな瞳が、私を貫く。彼の本気を感じて、私はまばたきもできない。

「お願いだ、美海」

私は、声も出せずにただ頷くことしかできなかった。

落花流水

【美海 side】

はじまりは九月の雨の夜だった。

昼過ぎから降り出した強い雨と、雨が連れて来た、季節を先取りした寒さのせいで、夕方以降の来客はほとんどない。閉店時間より少し早いけれど、今日はもう店を閉めよう。咲き誇る花達に心の中で謝りつつ、作業場以外の照明を落とした。

私は、高校卒業と同時に生まれ故郷の島を出て、フローリストになるため、東京の専門学校に入学した。

『湊《みなと》は、本当は花屋さんになりたかったのよね』

ずっと前に、素子さんから聞いたことがあった。

私の母は生まれつき体が弱く、幼い頃から入退院を繰り返していたという。いつかは島を出て花屋になることを夢見ていたようだけれど、実際に母が島から出ることができたのは本土の病院に入院する時だけだったらしい。

私は母の代わりに生かしてもらったのだから、私が母の夢を叶えよう。素子さんから母の話を聞いた時に漠然と考えたことが、いつの間にか私の夢となっていた。

二年間の専門学校を卒業後、エキナカにも出店している有名なフラワーショップに三年ほど勤めて経験を積み、都内にある『アトリエ・ラパン』という店で雇われ店長をしてもうすぐ二年目だ。

私の他に昼間のパートがひとりだけの小さな店だが、丁寧な接客とお客様の気持ちに寄り添ったアレンジを心がけているおかげか、そこそこ繁盛していると思う。

店舗の外に出しているスタンド看板を仕舞い、シャッターを下ろそうとしていると、国産の黒いセダンが店の前に停まった。お客様だろうか。様子を窺っていると、運転席から背の高い男の人が出て来た。

「もう閉店ですか?」

男性は途中まで下りたシャッターを見ると、残念そうに肩を落とした。

年齢は、おそらく三十前後。ハッとするほど整った顔立ちに、仕立てのよい三つ揃えのスーツを身に着けている。忙しい中、仕事終わりに慌てて来たのだろう。顔は疲労の色が濃く、きっちりとセットしていたらしい前髪も、強い湿気のせいかはらりと乱れている。

「いえ、まだ大丈夫ですのでどうぞ」

「よかった、ありがとうございます」

私が言うと、その人は安堵のため息を吐いた。

「……すみません、やはりもう閉めるところだったんですよね？」

明かりを落とした店内を見回して、彼が申し訳なさそうに言った。

「いいんです。今日は雨のせいかお客様が少なくて、いつもより早く閉めようとしてただけなので。お客様が来てくださって助かりました。……行き場がないのは、花達もかわいそうですし」

誰かに買い求められることなく咲き終わりを迎えてしまった花は、ドライフラワーなどに使うこともあるけれど、大半が焼却処分される。市場から花を迎えて、少しでも長持ちするよう心を込めて手入れする分、自分の手で片付けなくてはならないのはとてもつらい。

「ということは、売れ残った花って……」

「値段を下げて売ったり、加工して商品にすることもありますが、ほとんどは廃棄処分されるんです。……って、すみませんお客様にこんな話」

私の方こそ、連日の勤務で疲れが溜まっているのだろうか。お客様に愚痴を聞かせるなんて、我ながらなっていない。

「いや、売れ残った花の行く末まで考えたことはなかった。知ることができてよかったですよ」

不快な思いをさせてしまったかもと一瞬不安になったけれど、ポジティブな返事にホッとした。

「今日はどういったものをお求めですか？」

店内の花がよく見えるよう、もう一度照明をつける。鮮やかな色の洪水に、彼の視線が一気に惹きつけられたのがわかった。

「……綺麗だ。喜ぶね、きっと」

彼の顔が、ふわりと綻んだ。アレンジを送る相手のことを思い浮かべているのだろう。

「誕生日の花束を贈りたいんです」

とても優しい、いい表情をしていて、彼と、彼から花束を送られる相手のことをほんの少しだけ羨ましく思う。私には、花を贈るような恋人も、家族すらもいないから……。

だいたいの予算を聞いて、店内の花をちらりと見回す。それだけ余裕があるなら、お誕生日ってことだし、バラやダリアを使ってもいいかも。

「どのお花を使ってとか、ご希望はありますか？」

「いや、あんまり花には詳しくなくて……」

「だったら、お花を贈る方の好きな色とか、その方のイメージとか聞かせていただけたら」

「なるほど、イメージね……」

彼はうーんと唸《うな》りながら片手を顎にあて、考え込んだ。

「なんというか、きりっとした人かな。仕事もばりばりやってて厳しいんだけど、面倒見がいいから下の人間にも慕われてる」

「……素敵な方なんですね」

彼の話から、凛とした、大人の女性が思い浮かんだ。きっとたくさんの人の真ん中にいる大輪の薔薇のような人。

「好きな色は……なんだったかな。可愛いものや綺麗なものは普通に好きなようだけど」

そう言って、彼はまた考え込んでしまう。見かねた私は、そっと助け船を出した。

「可愛いものでも色々あるじゃないですか。例えば、パステルカラーの淡い色のお洋服が多いとか、原色のパキッとした色味の小物やネイルがお好きとか」

私が例えると、彼は「ああ」と顔を明るくした。

「普段の服はモノトーンが多いけど、スカーフとか淡い色のものを身に着けているのは見たことがあるな。でも甘ったるい感じの色じゃなくて薄い紫とか」

「それならば、こういった感じはどうですか？」

私は花桶の中からいくつかの花を選んで取り出した。モーブ系のバラを中心に数種の花でグラデーションを作って見せる。

「これだけだとまだクールなイメージですけど、小ぶりのベリーやグリーンも入れて少し甘めにお作りするのはどうでしょう？」

赤やピンクといった華美な色を使うより、シックにまとめる方が彼女の好みのような気がしたのだ。彼の表情を窺うと、満足そうに頷いている。

「いいね。それでお願いします」

「かしこまりました。それでは、こちらでおかけになってお待ちください」

「ありがとう」

彼を店の隅にあるテーブルに案内し、椅子にかけるよう促した。

ふと思い立って、花束ができるまでお茶でも飲んで待っててもらおうと思ったのだ。

店の奥に向かいながら彼の様子を窺うと、椅子に腰かけて深いため息を吐いている。やはり忙しい人なのだろう。そして、仕事終わりに、たまたま見かけたこの店に駆け込んだ。

店の奥にある作り付けの小さなキッチンで、リラックス効果のあるカモミールティーを淹れ、たまたま残っていたハーブ入りのクッキーも添える。トレイに載せて、彼のところへ向かった。

「お客様、よろしければどうぞ」

「え？」

湯気の立つハーブティーとクッキーを差し出すと、彼が目を丸くした。

「カモミールティーです。温まりますし、リラックス効果もあるので、よかったら」

「……いただきます」

あまりハーブティーは口にしないのかもしれない。おそるおそるといった様子で一口含むと、彼の顔にじわりと笑みが浮かんだ。よかった、口に合ったみたい。

「あの、いつもこうして客にお茶を？」

「いえ、普段はそんな余裕はないんですけど」

なんとなく、気になったのだ。彼がとても疲れているような気がして。

それに、せっかくこの店を見つけてくれたのだから、花束が出来上がるまでの間、花々に囲まれていい時間を過ごしてほしい。でも、わざわざそう言うのも野暮な気がして。

「お客様は、特別です」

そう言って微笑むと、彼は一瞬驚いたあと、ふっと表情を和らげた。

「嬉しいです。ありがとう」

喜んでもらえたみたいだ。よかった。

いつも、どんな時でも、お客様からのありがとうの一言が一番嬉しい。

「少しお時間いただきますね。ゆっくりなさってください」

ぺこりと頭を下げて、私は再び作業台に向かった。

そこからは、花束を作る作業に没頭した。バランスを見ながら花をまとめ、花束に合うようラッピングを施す。全体を眺め、ちょっとした遊びを入れようと、花束と同系色で揃えていたリボンに、濃い空色のものも足す。キュッと結んで仕上げると、花束自体がきりっと引き締まった。

「お待たせしました。いかがでしょう？」

花束を手渡すと、彼は花束をあらゆる方向から眺め、満足そうに微笑んだ。

「うん、素敵です。あなたにお任せしてよかった」

「……ありがとうございます！」

なによりも嬉しい言葉だ。自然と笑みがこぼれてしまう。

花束を受け取って、壊さないようペーパーバッグに入れ、彼に手渡した。

「彼女さん、喜んでくださるといいですね」

「えっ？」

受け取ろうとしていた手を止め、彼が私を見る。

「……お客様？」

どうしたのだろうと首を傾《かし》げる私を見て、ふっと口角を上げると、彼はようやくバッグを受け取った。

「……彼女ではなく、母です。花束を贈る相手。今日は母の誕生日で」

「そうなんですか！　私ったらてっきり彼女さんへの贈り物だとばかり」

彼が愛情深く微笑むものだから、きっと恋人に贈るものだろうと勝手に思い込んでいた。本当に、この花束でよかっただろうか。年齢が違えば、好みの色味や花の種類も変わってくる。最初にちゃんと確認しなかった私のミスだ。

「申し訳ございません。私の確認不足です。よろしければ、花束をお作り直ししますが……」

　ただでさえもう遅い時間なのに、これ以上彼を待たせるのは申し訳ないと思いつつもそう言うと、彼は静かに首を振った。

「いえ、あなたが根気よく母の好みを聞き出してくれたので大丈夫です。このままで十分喜んでくれると思います」

「そうですか……」

　ホッとして息を吐く私に、彼がまた微笑みかける。

「本当にありがとう。お茶もごちそうさまでした」

「あ、ちょっと待ってください」

　バッグを抱え、そのまま外に出ようとする彼を呼び止めた。お客様用にお店に常備してある傘を差し、彼の隣に立つ。

「濡れてはいけないので、お車までご一緒します」

「なにからなにまですまない。ありがとう」

　花束が入った袋を大事そうに抱える彼に傘を差しかけ、停めていた車の前に向かう。

　彼が車に乗り込むのを待って、運転席のドアを閉めた。小さな音を立てて運転席側のウィンドウが開く。

がっていく。

「ありがとうございました」

「こちらこそ。……きっとまた来ると思います」

「はい、お待ちしております!」

直近に、また誰かに花を贈る機会があるのだろうか。そう言ってくれるということは、この店を気に入ってくれたということだろう。胸の中にじんわりとした喜びが広がっていく。

車が見えなくなるまで見送って、店に戻る。食器を片付けようとテーブルへ向かうと、カップの中のハーブティーも、添えていたローズマリーのクッキーもすっかりなくなっていた。どうやら気に入ってもらえたらしい。

「さ、片付けて私も帰ろう」

食器を片付けながら、彼の言葉が脳裏に蘇る。

『……きっとまた来ると思います』

胸の中にポッと温かな火が灯ったようだった。

なんて口では言っていても、きっと社交辞令だろう。そう思っていた。しかし、私の予想を裏切り、時田さんは時折、店に顔を見せるようになった。

店を閉める頃になると、そわそわと落ち着かなくなるようになったのはいつからだろう。店の前を車が通過する音がするたび、ドキッとする。いつの間にか私は、時田さんの来訪を待ちわびるようになっていた。

だいぶ冷え込みが厳しくなった十一月の宵の口。およそ一週間ぶりに時田さんが顔を見せた。

「こんばんは」

「時田さん！　いらっしゃいませ」

自分でも、声が弾んでいるのがわかる。

「今日はどうなさいました？」

急に恥ずかしくなって、冷静な店員の声を装った。

「お世話になった取引先の方が結婚退職することになったんだ。花束を贈ろうと思って、その相談に」

「そうなんですね。いつもありがとうございます」

彼が勤める職場に人の出入りがあった時や、得意先へのちょっとした手土産、お見舞いや同僚へのプレゼント。よくもまあこうも花を贈る機会があるものだとも思ったけれど、彼がマメな人なのかもしれない。なにかと頼ってもらえることが嬉しくて、注文を受けるたび、私は気合を入れてアレンジをした。

「美海さん、これがチョコレートコスモス？　本当にチョコみたいな匂いがするんだね」

驚いた顔で、時田さんは花に顔を近づけて香りを楽しんでいる。店に通うようになって会話が増えたせいか、だいぶ花の名前も覚えてくれた。

「時田さんこちらへどうぞ」

オーダーの内容を書き留めているノートを持って、時田さんをいつもの席へと案内する。私も彼の向かいの席に腰を下ろした。

予算やアレンジの希望を聞き、日時の確認をして打ち合わせを終えた。近々結婚退職するという女性は、時田さんもかなりお世話になった方らしい。大体の相場を案内したけれど、彼はそれに感謝の意味も込めて少し色を付けた。私が当初想定していたよりも、幾分豪華な仕上がりになりそうだ。

花束は、退職日当日に、私がお相手の勤務先に直接配達することで話がついた。

「喜んでもらえるといいですね」

「美海さんのセンスがいいから信頼しています。君の作るアレンジは、どこに持って行っても評判がいいんだ」

「光栄です」

彼のお母様も、誕生日の花束をとても気に入ってくれたと聞いている。そのお母様からも、時田さん経由で時折注文が入るようになった。

「時田さん、まだお時間ありますか？　今お茶をお持ちします」

「ああ、いつもありがとう」

キッチンに立ち、温めたポットにお湯を注ぐ。白いポットの中で花開くカモミールを見つめ、忙しい彼が少しでも安らいでくれますようにと願いを込めた。

「ああ、美味しいな。これのおかげでよく眠れるようになったんだ」

「気に入ってもらえて私も嬉しいです」

以前の時田さんは、仕事からのストレスで不眠がちだったらしい。それを聞いた私はカモミールティーの効能を話し、自分の分を少しお裾分けした。どうやら効果があったらしく、時田さんも自分で購入して寝る前に飲むようにしているらしい。

「ここに来て美海さんに出会わなければ、世の中にこんなにたくさんの花があることも、お茶で夜よく眠れるようになることも知らなかった。本当に君には感謝しているよ」

「そんな、大袈裟です」

私は私が知っていることを時田さんに伝えただけだ。大したことはしていないのに、毎回彼はこうして感謝の気持ちを伝えてくれる。それが、ほんの少しくすぐったい。

「いや」

きっぱりと打ち消して、時田さんが私を見る。熱っぽい眼差しに胸が高鳴る。

「君と出会えてよかった。……俺は幸運だ」

「時田さん……」

こんなふうに見つめられたら、勘違いしてしまいそうになる。息を詰めて逸る気持ちを抑え込んだ。彼はお客様だ。私はただの、花屋の雇われ店長。呪文を繰り返すように、心の中で唱える。それでも私は、彼から視線を外せない。

「美海さん、僕は」

彼がなにかを告げようとしたその時、静寂を切り裂くような鋭さで店の電話が鳴った。我に返り、視線を逸らす。

「あの……、私電話に出て来ますね」

電話の音は、外で作業をしていても聞こえるようにと最大にしてある。私はパッと席を立ち、早く出てくれと急き立てるように鳴る電話の受話器を取った。

「お電話ありがとうございます。アトリエ・ラパンでございます」

　電話は、この近所で華道の師範をしている女性からで、すでに受けていた注文に変更が生じたという内容だった。手早く確認を済ませ、受話器を置く。テーブルに戻ると、時田さんはすでにコートを着込んでいた。

「お待たせして申し訳ありません」

「いえ、いつも長居してしまってすみません。……ここは居心地がいいから」

――嬉しい。彼の言葉に、つい頬が緩んでしまいそうになる。ぐっと堪え、店の外に出る時田さんのあとを追った。

「では金曜日の十七時にお届けですね」

「よろしくお願いします」

「ありがとうございました」

　一度は車に乗り込もうとした時田さんが、ドアを閉めて私の元へ駆け寄ってきた。

「美海さん」

「……はい」

「あなたは謙遜したけれど、俺は君と出会って、窮屈だった世界から抜け出して、ちゃんと息ができてるように感じているんだ。そのお礼と言ってはなんだけど、今度食事に行きませんか」

「食事、ですか……。私が時田さんと？」

「ええ、ご迷惑でなければ」

「そんな、迷惑だなんて」

時田さんから誘ってもらえるなんて、夢でも見てるんじゃないだろうか。でも彼はとても真剣で、私のことを揶揄《からか》っているようには思えない。

「嬉しいです」

勇気を出して、そう答える。時田さんの顔に安堵の笑みが広がった。

「よかった。今週の土曜日の夜、店が閉まる頃に迎えに来ます」

「……はい」

「約束だよ」

嬉しそうな顔でポンと私の頭を撫でると、時田さんは車に乗り込み去っていった。

私はふわふわした気持ちで、彼の車が見えなくなるまで店先に立って見送った。

「嘘じゃないよね……？」

外は吐く息が白いほど寒いのに、両手で触れた頬が熱い。半分上の空で外を片付け、店内から鍵をかける。作業台の壁のカレンダーを見ると、約束の土曜日の部分がやけに大きく見えた気がした。

約束の日は、すぐに訪れた。気持ち早めに店を閉め、奥の更衣室でお店のロゴ入りのエプロンを外し、動きやすさ重視のジーンズとトレーナーを脱ぐ。手持ちの中で唯一よそ行きと呼べるワンピースに着替えた。

花屋の仕事は力仕事も多く、冬場でも汗をかく。ロッカーに付属している小さな鏡を見ながら、すっかり落ちてしまったメイクを直す。せめてリップだけでもと、普段使っているものより気持ち明るめの色を選んだ。

こうしている間も、胸が高鳴るのを感じる。男性とふたりきりで出かけるなんて、どれくらいぶりだろう。久しぶりすぎて、最早服やメイクもどれが正解なのかわからない。

不安なままコートを着込んで、店の裏口から外へ出た。夜の空気は一段と鋭さを増していて、頬を刺すほど冷たい。コートの襟を合わせて足早に店の表側へと回ると、時田さんはすでに私を待っていた。

「時田さん！」

「美海さん、こんばんは」

「ごめんなさい、お待たせして」

「全然、俺も今来たところだから。さあ、こちらへ」

手招きされて車に近づくと、時田さんは私にハッと目を留めた。私の全身に視線を走らせ、彼の動きが止まる。

やっぱり、どこかおかしなところがあったのだろうか。

「……時田さん？」

呼びかけると、彼はなぜか困ったような顔をして視線を逸らした。

「ひょっとして、この格好変ですか？」

元々ファッションセンスに自信があるわけでもない。

「違うよ。美海さんがいつもと違うから」

しゅんとする私に、時田さんが慌てて首を振った。

「素敵だよ、とても。それに、俺のためにおしゃれしてきてくれたんだよね。それが嬉しくて」

その通り、なのだけれど。恥ずかしくて頷くしかできない私を見て、時田さんは
「参ったな……」と照れて笑った。

「行こうか」

「は、はいっ」

私の手を取り、助手席のドアを開けてくれる。こんな扱いは受けたことがなくて、

どぎまぎしてしまう。

「ありがとうございます」

「どういたしまして。それとお願い。今日は敬語はやめて。これからの時間、俺はお客さんじゃないし、美海さんはラパンの店長さんじゃない」

「わかりました……」

「ん？」

「あっ！　……わかった。ありがとう」

「よくできました」

嬉しそうに目を細めて、貴裕さんが私の頭を撫でる。シートに腰を下ろしても、ドキドキはなかなか収まりそうになかった。

「今日は家族でよく行く店を予約してるんだ。美海さんは和食は好き？」

「大好きです」

フランス料理とか、いかにも高級なお店に連れて行かれたらどうしようと、ちょっとだけ思っていた。和食ならあまりテーブルマナーも気にせずに済む。

「よかった。個室を頼んでるから、美味しいものをゆっくり食べよう」

「楽しみ！」

きっと私のことを気遣って、お店を選んでくれたのだ。優しい人だな……としみじみ思う。

時田さんが連れて来てくれたのは、都内でも老舗の部類に入るホテルにある、和食の有名店だった。

週末の夜とあって、店内はほぼ満席。でも時田さんが個室を予約してくれたおかげで、落ち着いた空間でゆっくりと料理を味わうことができた。

時田さんと過ごす時間は、とても楽しかった。ほんの少しお酒も入り、彼がたくさん笑わせてくれて、気がついたら緊張は解けていた。

学生の頃に旅したという外国の話、出逢った人々や魅了された食べ物、旅好きが乗じて今は旅行会社で働いていること。

私自身の話は……あまりできなかった。私の過去はつらいことが多いから。この楽しい時間に水を差したくなかったのだ。それでも時田さんは、私のことを無理やり聞き出すようなことはしなかった。

食事も進み、食後のデザートを出される頃には、その楽しい気持ちに陰りが差し始めていた。だってコーヒーを飲み終えたら、この時間が終わってしまう。

離れたくない。まだ一緒にいたい。きっと私の想いが伝わったのだと思う。

「美海さん」

名前を呼ばれ、顔を上げる。ぶつかったのは、ハッとするほど熱い視線。その瞳を見ただけで、時田さんも私と同じ気持ちなのだとわかった。

「このまま君を帰したくない」

「……私も、帰りたくない」

我ながら、大胆だったと思う。でも震えるほど嬉しかった。

そのあとどうやって会計を済ませ、時田さんと一緒に部屋に向かったのか、記憶は定かじゃない。気がついたら私達は部屋の中にいて、閉じたドアの前で、後ろから貴裕さんに抱き竦められていた。

「……美海」

熱のこもった声で私の名前を呼ぶと、貴裕さんは私を抱きしめる腕に力を込める。彼の温もりと彼の香りを全身で感じて、うるさいほど心臓が高鳴っていた。

「こっちを向いて」

彼は私の体を反転させると、そっと頰に指を滑らせた。腕の中に私がいることを確かめるように、輪郭をなぞる。私は今、ずっと想っていた人の腕の中にいる。嬉しいはずなのに、喜びよりも羞恥の方が勝ってしまって、私はギュッと目を閉じていた。

「目を開けて、俺を見て美海」

乞うように言われ、閉じていた目蓋をそろりと開く。常夜灯の下、彼の瞳は私を求めて静かに燃えていた。

「貴裕さ……」

発しようとした言葉ごと、彼の濡れた唇が塞ぐ。触れ合うだけだった唇が、触れては離れ、何度も角度を変えては触れ、そのふわりとした感覚に徐々に意識が奪われていく。

「ん……」

頭のてっぺんから背中に甘い痺れのようなものが走り、思わず声が漏れた。それを合図に、触れるだけだったキスが少しずつ深くなっていく。息をしようとわずかに開いた唇から彼のぬるい舌が入り込み、歯列をなぞって中を抉《こ》じ開け、奥に潜んでいた私の舌を捕まえた。

「んんっ……!」

キスは深くなる一方で、押し寄せる快楽に立っていられなくなる。

「……っ、きゃあっ」

がくがくと膝が震える私に気づくと、貴裕さんは膝の裏に腕を差し入れ、私の体を持ち上げた。ヒールが脱げて床に転がるのも構わず、部屋の奥へと突き進む。中のドアを開けると、見たこともないほど広いベッドが私たちふたりを出迎えた。

「ま、待って貴裕さん」

「……どうした？」

わずかに首を傾げて、腕の中にいる私を覗き込む。

「仕事のあとだし、せめてシャワーを……」

貴裕さんは目を細め、綺麗な笑みを私に見せる。

よかった、聞き入れてもらえた。ホッとしたのも束の間、彼は私をあざ笑うかのように口角を上げると、私の体をベッドに下ろし顔の両側に腕をついて、ベッドに縫い止めた。

「……え？」

戸惑う私に微笑んだかと思うと、余裕そうな顔は一転して切なげに眉根を寄せる。

「ごめんね、もう待てないんだ」

苦し気に吐き出された言葉に、身体の奥がきゅうっと音を立てた。

「貴裕さん……」

私の声は、再び彼に飲み込まれてしまった。さっきよりも性急なキスに、私の意識はあっさりと溶かされてしまう。それからはずっと彼が与える熱に溺れていた。

「美海……、美海！」

覚えているのは、うわごとのように繰り返し私を呼ぶ声。切羽詰まったようでいて、どこまでも優しく私を満たそうとする彼の手や唇。そして、嵐のように過ぎてゆく夜。

でも彼と同じように、私もずっとずっと彼のことを求めていた。

これまでの人生、わずかな経験しかないけれど、誰かと抱き合って、身体も、心も、こんなにも満ち足りたことなどなかった。

私は、幸せだった。そしてこの幸せはずっと続くものだと思っていた。

でも私達には、言葉が足りなかったのだ。それも、決定的に。

もしもあの夜、ちゃんと互いの想いを伝え合っていたのなら、互いの境遇を正直に打ち明け合っていたら、こんなふうにすれ違うこともなかったのかもしれない。いくら後悔したところで、もう時間は巻き戻せないのだけれど。

【貴裕 side】

目覚めたら、カーテンの隙間から白っぽい日差しが差し込んでいた。

寝覚めのぼんやりとした頭のまま、カーテンのかかった窓、見慣れぬ天井、昨夜腕時計を置いたサイドテーブルと視線を送る。左半身に自分のものではない温もりを感じ、ようやく覚醒した。

よかった、全部夢じゃなかった。

俺の腕の中で、美海が穏やかな寝息を立てている。どうしても手に入れたくて、でも大事にしたくて、ゆっくりと距離を縮めていったのに。いざふたりきりになると、離したくなくなった。正直に打ち明けたら、美海も同じ気持ちだと言ってくれた。そして、この腕の中に落ちて来た。

眠っていたのは、ほんの二時間ほど。真っ暗だった部屋の中がうっすらと白む頃、美海は気を失うように眠りに落ちた。無理をさせてしまうほど、この愛しい人をぎりぎりまで離せなかった。

時計の針は、もうここを出なければいけない時間を指していた。世間は休みでも、俺は今日も出社の予定だ。後ろ髪を引かれながら、美海を起こさないようにそっとベッドを抜け出した。

シャワーを浴びて出て来ても、美海はまだぐっすりと眠っている。ただでさえ仕事で疲れているのに無理をさせたのだ。ゆっくりさせてあげたい。

上質な絹のように触り心地のいい美海の黒髪をそっと撫でながら、出逢ってからの日々を反芻する。

美海と出会った頃、現社長である父親から『近いうちに代替わりを考えている』と告げられた。

観光地の温泉旅館経営から出発し、今や日本国内のみならず、海外でもリゾート施設の開発、運営を手掛ける『エテルネル・リゾート』。父親が興したこの会社で、常務取締役を務める俺は、次期社長候補の中に名を連ねている。

父の中では、跡継ぎは俺と決まっている。しかし周りの親戚連中や重役の中にも、社長の座を狙っているやつはいる。いつ罠を仕掛けられ、その座を奪われるかわからない。猜疑心が強まる中、プレッシャーもあり、俺はなかなか寝付けない日々が続いていた。

しかし、近い将来会社を背負って立つ身である以上、揺らいでいる姿は誰にも見せられない。それなのに、会ったばかりで、ほんの少し言葉を交わしただけの美海にあっさりと自分の状態を見抜かれ、本当に驚いた。職業柄なのかもしれないが、美海はよく人のことを見ている。しかし言葉も行動も決して押し付けがましくないところに好感を抱いた。

その夜、彼女といた空間の心地よさが忘れられなくて、俺は理由を見つけては彼女の元へと通うようになった。

適度な距離とさりげない思いやり、そして時折見せるはにかんだ笑顔にいつの間にか心惹かれ、どうしても彼女が欲しい、そう思うようになっていた。

美海が起きた時、ひとりでいることに変な誤解を抱かないようメモを残すことにした。デスクの引き出しから便箋を一枚取り出し、ペンを走らせる。

『美海へ』と書いて、ふと思い出した。

初めて彼女の名前を聞いた時は、ちょっと珍しい名前だと思った。でもいつでも穏やかで、包み込むように優しい彼女はまるで凪いだ海のようだ。彼女と過ごす時間を積み重ねるたび、ぴったりの名前だと思うようになった。

彼女は、なぜ『美海』というのだろう。

海の側で生まれ育ったのか、それとも彼女の両親に海にちなんだ思い出があるのか、なにか願いを込めたのか。

まあまた、時間のある時にゆっくり聞けばいい。俺達にはいくらでも時間がある。

仕事のため先に出ることを書き、プライベート用の携帯の番号とチャットアプリのＩＤを書き残す。いつでもいいから連絡が欲しいと書いて、ベッド脇のテーブルにメモを置いた。

眠る美海の頬にキスをして、幸せな気持ちで部屋をあとにした。

まさかこれが、美海との別れになるとは思わずに。


「安藤《あんどう》さんが？」

「ええ、ずっとお待ちです」

ホテルから一度自宅へ戻り、着替えて出社すると、秘書の菅野卓也《かんのたくや》が俺を待ち受けていた。休日はちゃんと休めと言ったのに、菅野は俺が休日出勤をする時は律儀に顔を出す。

「菅野どうして出勤した？　今日は休みだろ」

「なに言ってるんですか。私が出て来たおかげで安藤さんを足止めできてるんでしょ。感謝してください」

菅野の父親も、長年に亘《わた》って俺の父を支え、うちの会社の秘書室を統括していた。そのおかげもあって菅野と俺のつき合いは古く、幼なじみのようなものだ。菅野が俺に遠慮なんてものをするはずもなく、苛立ちを隠そうともしない。まあそれも無理もない、と思う。

安藤芹香《せりか》とは、知人主催のパーティーで知り合った。うちの会社でも関わりのある大手ホテルチェーンの娘ということもあって、それなりに丁重に接した。それがどうやら失敗だったらしい。

順調にいけば、近いうちに父の跡を継いで俺が会社の代表となる。このことは、すでに業界内に広まっている。それを見越して、俺に秋波を送る女性は少なくない。

安藤芹香もそのうちのひとりだった。

彼女はパーティーで知り合ったのを機に、しつこくコンタクトを取って来るようになった。菅野にも協力してもらい、それなりにうまくかわしていたつもりだった。しかしまともに取り合わなかったのが逆効果となったのか、業を煮やした彼女は知人を使ってお見合いを申し込んで来た。

その知人が俺の父親の恩人だったため、どうしても断ることができず、渋々お見合いを受けたのが先週のこと。しかしすでに美海という存在があった俺は、『心に決めた人がいるから』と言ってきっぱりと断った。

それで全て終わった、そう思っていた。

「日曜なのに、どうして会社に？」

「常務が出勤なさることをどこからか嗅ぎつけてきたようです。おそらく日野《ひの》様あたりでしょう」

その日野さんが、俺の父親の恩人だ。安藤芹香に頼まれて、日野さんがうちの父に探りを入れたんだろう。本当にうんざりする。

「それで、彼女はなんて？」

「せっかくの休日なので、ランチでもどうかと」

「休日って、向こうはそうでも俺は違うんだが」

事実、今日も一日かけて仕事を片付ける予定でいる。そのために、後ろ髪を引かれる思いを振り切って、美海を置いて先にホテルを出たのだ。

「そう申し上げましたが、自分ならいくらでも待つから、と」

そう言って、役員フロアの応接室に陣取っているらしい。菅野も彼女の相手をするのに相当疲れたのだろう。すっかり辟易しているのが見て取れた。

「ちゃんと断ったはずなんだがな」

「全く響いてませんよ。それどころか火をつけたんじゃないんですか、逆に」

なんというタフネス、と菅野が吐き捨てるように言う。

「それはそうと、昨夜はいったいどこにお泊まりだったんですか。朝からいくら鳴らしても携帯も出ないし」

「……お泊まりって、なんでわかるんだよ」

言い返すと、菅野がふっと声に出さずに笑う。

「カマをかけただけです。とうとう純愛を実らせたんですね。おめでとうございます」

俺の美海への執心を知る菅野に、これでもかと弄《いじ》られる。親友に恋愛を茶化されるのは居心地が悪い。ぶすっとしていると、菅野が不意に真顔になった。

「くれぐれも安藤様には気づかれないようにしてくださいね。あの人にお相手の存在が知れると、なにをしでかすかわからない」

「まさか、俺自身に執着してるわけでもなし。追いかけまわすことに飽きたら、すぐ次の相手を見つけるだろ」

あくまでも、彼女が欲してるのはエテルネル・リゾート次期社長の妻の座だ。まともに俺自身を見ているとは思えない。

「わかりませんよ、人の心の中なんて」

なんて、菅野はわかったような口を利く。

「ともかく、相手が世間知らずのお嬢様だからって油断してないで、さっさと追っ払ってきてください」

「いや、会う必要はない。直ちにお引き取りいただくよう伝えてくれ」

ここで会っても、きっと余計につけ上がらせるだけだ。冷たい対応をされれば、いくらあのお嬢様でも察するだろう。

「……わかりましたよ」

うんざりした顔で部屋を出ていく菅野を見送り、ひとつため息を吐く。ここに来るまでは、あんなに多幸感に酔いしれていたというのに、お嬢様のせいで全て台無しだ。

「さて、仕事するか」

机の隅には、新規事業の企画書が山と積まれている。書類を読むことに没頭して、安藤芹香のことなど、いつの間にか忘れていた。

あまり褒められたことじゃないし、菅野もいい顔はしないが、俺は休日出勤が常態化している。休日は急な来客や電話に邪魔されることもなく、仕事が捗《はかど》るからだ。

この日も丸一日時間を費やすことになると思っていたが、集中できたおかげで、三時を過ぎる頃には、その日の予定を終えていた。

でもこんなことも、もう終わりにしなきゃな。そうでなきゃ美海と会う時間を作れない。

そんなことを考えながら、ＰＣの電源を落した。

時間もできたし、美海に会いに行こう。いきなり部屋へ訪れるのはさすがにまだ気が引けるから、どこか気軽な場所へ食事に出かけるのもいいかもしれない。それとも、昨日の今日でまた会いに来るなんてと呆れられるだろうか。

「しかし……来ないな」

いくら頭の中で予定を立てたところで、肝心の美海からの連絡が来なければ意味がない。日曜日は美海の店は定休日のはずだから、仕事で手が離せないわけじゃない。なにか急な用事が入ったのだろうか？

彼女に連絡をしたくても、俺には店の番号以外わからない。こんなことなら、早い段階で連絡先を交換しておくんだった。

「仕方ない。家に帰って連絡を待つか」

役員専用のエレベーターを降り、地下の駐車場に停めてある愛車にひとりで乗り込む。せっかくの休日だからと、菅野は午前中の早い時間で帰らせていた。

自宅マンションに着いたあとも、美海からのメッセージが来ることはなかった。

手早くシャワーを浴びてリビングのソファーに腰かけ、想いを巡らす。

忘れた、なんてことはないよな。急に仕事が入ったとか？　美海の性格なら、たとえ定休日でも客から頼まれた仕事なら断ることなどできないだろう。

メッセージは諦めてスマホをローテーブルに置き、そっと目蓋を閉じる。閉じた目蓋の裏側には、昨夜一晩で色々な顔を見せた彼女の姿が貼りついていて、今夜はなかなか寝付けそうにない。

「ハーブティーでも飲むか」

今日はもう無理でも、きっと明日の朝には美海からのメッセージが届いているだろう。

俺はソファーから腰を上げると、美海に教えてもらったように丁寧にハーブティーを淹れた。

【美海 side】

目を覚ますと、見知らぬ天井と照明が視界に飛び込んできた。

「えっ？」

慌てて体を起こすと、裸の胸からシーツがするりとベッドに落ちた。素肌に散る赤い跡に、昨夜の記憶が次々に蘇ってくる。

「そっか、私……」

私は、貴裕さんと結ばれた。嬉しさと恥ずかしさで体が熱くなる。でもすぐに我に返った。部屋はシンと静まり返っていて、隣に寝ていたはずの貴裕さんがいない。

「貴裕さん？」

ベッドから下りて、部屋の中を見て回る。昨夜《ゆうべ》は明かりをつける暇もなかった。明るくなった部屋を改めて見回すと、その豪華さに改めて息を呑む。

「……この部屋どれくらいするんだろう。次会った時に返せるかな？」

初めての夜だから、貴裕さんも頑張っていい部屋を選んでくれたのかもしれない。私の稼ぎでは一度では無理かもしれないけれど、せめて半分だけでも返さなきゃ。

一通り部屋を見て回ったけれど、やはり貴裕さんの気配はない。

ひょっとして私、置いて行かれた……？

急に不安に襲われ焦っていると、ベッドサイドのテーブルの上に、一枚のメモが乗っているのに気がついた。銀色のペーパーウェイトをどかし、メモを手に取る。男の人らしい硬質な文字で、仕事でどうしても先に出なければならないことと私からの連絡を待っていること、そしてプライベート用の携帯の番号が書いてあった。

よかった、置いていかれたわけじゃなかった。

私にとっては本気の恋でも、貴裕さんにとってはそうでなかったらと思うと不安でたまらなかった。それが彼からのメモを見た途端、こんなにも気持ちが舞い上がる。

私はメモを丁寧に折りたたむと、いつも持ち歩いている手帳に挟み、鞄の中に仕舞い込んだ。

本来なら、日曜はアトリエ・ラパンは店休日だ。でも、店内には切り花だけではなく、鉢植えのグリーンや花の苗も置いてある。植物達の様子を見るため、私はホテルから直接店へと向かった。

まだ少し軋《きし》む体で、鉢植えや苗に水をやり、大きく広げたグリーンの葉を軍手を嵌《は》めた手で拭き取る。たまにほこりを取ってやらないと、光合成を阻害しグリーンの元気がなくなってしまうのだ。

　小さな店舗とはいえ、鉢植えの数は相当ある。葉一枚一枚を根気強く拭いている時だった。

「ごめんください。開いてるのかしら？」

　半分だけ開けておいたシャッターの外から、女性の声がする。

「はい、少々お待ちください」

　軍手を外してエプロンのポケットに突っ込み、シャッターの残り半分を開けて、店の外に出た。

　店の前に立っていたのは、若い女性だった。大きな瞳が印象的な、パッと目を引く美人で、茶色いウェーブがかった長い髪を風に揺らし、涼し気なライトブルーのワンピースを身に纏《まと》っている。女性のすぐ後ろには、外国製と思われる堅強そうな黒い車が停まっていて、車の横には、初老の運転手が神妙な顔つきで立っている。こういう人のことを、セレブと呼ぶのだろう。

「いらっしゃいませ」

　そんな人がなぜうちの店に？　と思わないでもなかったけれど、私はいつも通り丁寧に挨拶をして、女性を店内に迎え入れた。

「お客様、せっかくお越しいただいたのに申し訳ございません。本日は定休日でお店を開けていなくて……」

「あら、そう。でも構わないわ。花を買いに来たわけじゃないもの」

キョロキョロと店内を見回しながら、ケロッとした口ぶりで言う。お客様じゃないとしたら、なにをしに来たんだろう。

「へぇー、中はこうなってるのね。なかなか素敵じゃない」

「……ありがとうございます」

褒めてくれている、のだろうけれど、なぜかそう素直に受け取れない。

女性は好奇心に満ちた表情で一通り店内を見終えると、最後に私に視線を合わせ、フッと口元を緩めた。

その顔を見て、ようやく気がついた。この人の笑顔は、本物じゃない。私を見た時からずっと浮かべているのは嘲笑だ。

初対面なのになぜ？　全く心当たりはない。次はいったいなにを言ってくるのだろうと、息を詰めてその顔を見つめる。

私が警戒心を抱いたことに気がついたのかもしれない。仕方ないわねとでも言いたげにわざとらしくため息を吐くと、その人は再び口を開いた。

「私は、安藤芹香と申します。……あなた、時田貴裕さんのこと知っているわよね？」

「はい。でも、どうして……」

彼女の口から、思いもよらぬ人の名前が出て驚く。そんな私を見て、綺麗にリップが塗られた彼女の唇が、好戦的な笑みを浮かべた。

「単刀直入に話すわ。これ以上彼にちょっかいを出すのをやめてもらいたいの」

「ちょっかいって、それはどういう意味ですか？」

まるで貴裕さんが、自分のものであるかのような口ぶりだ。

「どういうって、そのままの意味よ。貴裕さんが、エテルネル・リゾートの次期社長だってことは知ってるわよね？」

「貴裕さんが？」

エテルネル・リゾートと言えば、国内外でリゾート施設や旅館などを運営している会社だ。仕事柄まとまった休みがなかなか取れず、あまり旅行に行く機会のない私でもその名前を知っている。旅行好きの常連のお客様が、日本中どこの施設も人気があり、なかなか予約が取れないと愚痴をこぼしていたのも覚えている。

貴裕さんが、そんな誰もが知る一流企業の次期社長？

「その顔は、知らなかったみたいね」

「それは……」

確かに私は、貴裕さんのことをなにも知らない。どこに住んでいて、なんという会社に勤めているのかも、家族のことも、なにも。知っていることといえば、彼の名前と仕事用とプライベートの電話番号くらいだ。

これまで、話そうと思えば話すことはできたはず。それなのに、貴裕さんはどうして私になにも教えてくれなかったのだろう。

「それで、あなたは？」

内心ぐちゃぐちゃなのを悟られないように精一杯感情を抑え問い返す。彼女は勝ち誇った顔で、私を見た。

「私は貴裕さんの婚約者よ」

「……えっ？」

一瞬で頭が真っ白になる。固まって動けなくなっている私をよそに、彼女は一方的にしゃべり続けた。

「貴裕さんと私は、幼い頃からの知り合いなの。お互いの両親が昔から仲がよくってね。婚約の話も自然と出た話で、あちらのご両親もずいぶん乗り気なのよ」

「そうなんですか……」

「貴裕さんは結婚はまだ早いなんて言ってたけれど、会社を継ぐ人間がいつまでも独り身なんて外聞が悪いでしょう。だから彼のお父様が、私との結婚を会社を継ぐ条件にしたの」

つまり貴裕さんは私といる限り、会社を継げないということだ。

「彼の会社、もうすぐヨーロッパ圏への進出を控えてるでしょう。新事業の発表の席で、彼の社長就任と併せて私との結婚も発表されると思うわ。だから」

一息に話したかと思うと、女性はパステルカラーのネイルが塗られた人差し指で、トンと私の胸のあたりを押す。きつい視線が私を貫いた。

「二度と貴裕さんに会わないで。彼に迷惑をかけたくないなら」

「……迷惑？」

「だってそうでしょう。会社を継ぐかどうかって時期に女遊びしてるだなんて外に漏れでもしたら格好がつかないわ」

遊びだと、安藤さんは断言した。彼女はどうしても、そういうことにしたいのだ。

私は、貴裕さんを信じたい。でも、私が彼の側にいたら、貴裕さんが思い描いていた未来は、がらりと変わってしまうのだ。

「向坂《さきさか》、もう行くわよ」

安藤さんは店から出ると、車の前に立っていた運転手にそう告げた。

「はい、お嬢様」

運転手は安藤さんに向かって一礼すると、後部座席のドアを開ける。彼女はツンと顎を心持ち上に向けて車に乗り込むと、運転手に窓を開けさせた。

「花屋ですって？　馬鹿らしい。そんな女に貴裕さんが本気になるわけないじゃない。勘違いも甚だしい」

最後の最後でそう捨て台詞を吐く。彼女を乗せた車は、静かに走り去って行った。

そのあとは、どうやって家に帰ったのかわからない。あまりのショックにしばらく暗い部屋で電気もつけずに佇んでいた。

「そうだ、貴裕さんに連絡するんだった」

冷たい床にぺたりと座り込んで、鞄から手帳を取り出す。中に挟んでいた貴裕さんのメモを見て、ハッと我に返った。そうだった、これはもう私には必要ないんだった。

「うっ……」

あっという間に涙で視界がぼやけ、ぽたりぽたりとこぼれ落ちて貴裕さんの文字を滲《にじ》ませる。止まらない涙のせいで、彼の番号の一部がすっかり見えなくなってしまった。これでもう、彼と繋がるものはなにもない。

ひとしきり泣いて泣いて、泣き疲れた私は、帰って来た時のままの姿で眠りに落ちていた。

【貴裕 side】

「……なんでだ？」

朝になっても、美海からの電話もメッセージも来なかった。俺は彼女に、なにかしてしまったのだろうか。いや、あれだけ無茶をさせておいて、なにもしていないとも言えないのだが。

出社のために身支度を整え、家を出ようとしたタイミングで、携帯が鳴った。ようやくかと、胸ポケットから取り出すと、かけて来たのは美海ではなく菅野だった。

「菅野か、どうした」

『常務、落ち着いて聞いてください』

いつもつまらないくらいに冷静な菅野の声が、わずかに上擦《うわず》っている。これは、たぶん只事じゃない。

「なんだよいったい」

『社長が……救急搬送されました』

「なんだって？」

今まで病気ひとつしたことない父が倒れた？

「どういうことだ」

『それが……』

菅野の話によると、地方出張の予定が入っていた父は、空港へ向かう車の中で気分が悪いと訴えたらしい。病院へ向かっている途中の車内で意識を失ったそうだ。

父は予断を許さない状況で、緊急手術に入っているという。菅野は秘書室長からの連絡で知ったということだった。

『常務、それに奥様が』

連絡を受けすぐに病院に駆け付けた母も、想像もしなかった事態に相当ショックを受けているという。

『お側についておられた方がよろしいかと』

「……わかった、すぐに病院に向かう」

『いえ、タクシーを手配します』

「なんでだよ、直接自分で行った方が早いだろ」

『ダメです。あなたにまでなにかあったら困りますので』

「なにかって……」

菅野に言われて気がついた。いつの間にか、スマホを持つ手が震えていた。

「――わかった。病院で落ち合おう」

菅野の手配したタクシーですぐに病院に駆け付けた俺を待っていたのは、非情な現実だった。

「残念ですが、お父様の意識が戻られる可能性は極めて低いです。覚悟をしておいてください」

担当医からの言葉で、俺はどん底に突き落とされた。いつもは冷静で取り乱すことなどない母が、現実を受け入れられず泣き叫んでいる。

数日後、父は意識を取り戻すことなく亡くなった。そして父に代わり俺が、会社の全てを背負うことになった。

【美海 side】

配達から戻ると、パートの瑞季《みずき》さんからメモを渡された。

「あ、店長おかえりなさい。出られている間に、店長宛てにお電話がありましたよ」

「私に？」

「ええ、若い男性の方でした」

電話をかけてきたのは、貴裕さんだった。瑞季さんがくれたメモには、彼の名前と携帯の番号が書いてあった。せっかく涙で消えてわからなくなったと思っていたのに、彼の番号がまた私の元へと返ってきた。メモを見て、複雑な気持ちになる。

「お電話くださいっておっしゃってました」

「あとでかけてみます。ありがとう」

メモを半分に折り、エプロンのポケットに入れる。電話をかけ直すつもりはなかった。

結局、私から連絡はしていない。今も彼は、店の電話番号しか知らない状態だ。

貴裕さんと結ばれた翌日、この店を訪れた人のことが尾を引いていた。自分は貴裕さんの婚約者だと、あの人は言った。あの人と結婚しなければ、貴裕さんは会社を継ことはできないと。

私の存在は、どうしたって彼の邪魔になるのだ。こんなにつらいことってない。

その上、私から連絡してないとはいえ、彼の訪問がぱったり途絶えてしまったことが、心に引っかかっていた。

あんなに足繁く通っていたのは、なんだったんだろう。考えたくはないけれど、一度寝て、気が済んでしまったのだろうか。

貴裕さんはそんな人じゃないと否定する気持ちもあるけれど、男の人なんてそんなものなのかもしれないとも思ってしまう。

こんなにぐじぐじ悩むくらいなら、いっそのこと自分から連絡して、彼女の言ったことが本当なのか問い詰めればいいのかもしれない。でも、私にはそんな勇気もないのだ。

私は、貴裕さんの口から決定的な言葉を言われてしまうのが怖かった。

「――店長、店長！」

「あれ、瑞季さん。どうしました？」

「どうしたって、それ以上切っちゃったら、花までなくなっちゃいますよ」

「えっ？」

手元を見ると、水切りのためにほんの少し切るつもりだったガーベラの茎が、だいぶ短くなっていた。瑞季さんが声をかけてくれなければ、もっと無残な姿になっていたかもしれない。

「かわいそうなことしちゃった」

これじゃもう、店には出せない。明日は店休日だから他の咲き終わりの花と一緒にプチブーケを作り、サービス品にしよう。何点か作って、店内のお客様の目につきやすいところに置いておくことにする。

「店長、大丈夫ですか？」

「大丈夫って、なにがですか？」

「最近ボーっとしていることが多いし。……顔色もあんまりよくないですよ」

そういえば、最近あまり食欲がない。眠りも浅く、夜中や朝方に数度目覚めてしまう。

原因なら、わかっている。貴裕さんのことだ。仕事以外のことが気になって、瑞季さんにまで心配をかけてしまうなんて、我ながら不甲斐ない。

「大丈夫、少し寝不足なだけです。気をつけますね」

これではいけないと、精一杯の笑顔を作る。でも瑞季さんに空っぽな笑顔を向ける自分を惨めだと感じた。

結局、貴裕さんとはずっと会っていない。私の方から連絡することもないまま、でも気持ちはずるずると引きずってしまっている。

「大丈夫ならいいんですけど、無理はしないでくださいね」

「ありがとうございます。そうだ瑞季さん、サービス品のブーケ作ってもらえます」

「やったぁ、やりますやります」

話題を変えると、瑞季さんははしゃいだ声をあげた。

「そうだなぁ、売価は五百円で」

「了解です！」

瑞季さんが作るアレンジはとても評判がいい。たぶん今日も、店先に出した途端に売り切れるだろう。

「私は杉野《すぎの》先生のところに配達行ってきますね」

瑞季さんに店を任せ、配達の用意に取りかかる。作業場の奥に設置してあるフラワーキーパーを開け、用意していた切り花の束を抱え上げた。

「あっ」

たっぷりと水を吸っていたせいか、抱えた花が思いのほか重く足元がふらついた。派手な音を立てて、花を入れていた花桶が倒れる。

「店長！」

「ご、ごめ……。大丈夫」

「やっぱり、大丈夫じゃないです！」

瑞季さんに強い口調で言われ、ビクッと体が反応した。怖い顔で、私を睨んでいる。

「瑞季さん？」

「変なこと聞いてすみません。……店長、ひょっとして妊娠してるんじゃないですか？」

「……え？」

瑞季さんったら、突然なにを言い出すんだろう。……私が、妊娠？

「違ってたらごめんなさい。でも店長の様子見てると、そんな気がしちゃって。私も一人目を妊娠した時貧血になったりしたから……」

「や、やだ。ただの寝不足だって言ったじゃないですか」

そんなの、信じられない。信じたくない。でも心の中では、不安が靄《もや》のように広がっていく。

「じゃあ聞きますけど、最後に生理が来たのはいつです?」

「え、っと……」

働かない頭で、一生懸命考える。レジ横に貼ってあるカレンダーを確認して、愕然とした。

「……一カ月以上前です」

今月の予定日はとっくに過ぎている。自分のことなのに、どうして今まで気がつかなかったんだろう。

「店長、本当に妊娠してないか確認だけでもしましょう。配達は私が行きます。その帰りに検査薬を買ってきますね」

「でも、瑞季さんにそこまでさせるわけには……」

「私以外に今すぐ頼れる人いるんですか?」

そう言われ、ぐっと言葉に詰まってしまう。私には、家族がいない。両親はすでに亡くなっている。そのことを瑞季さんは知っている。

それに、こういうことを頼めそうな友人もすぐには思いつかなかった。

「……お願いします」

「任せてください」

瑞季さんは安心させるように私の肩をポンと叩くと、手早く配達の用意を済ませ出かけて行った。

瑞季さんは、そう時間を空けずに帰って来た。

「はい、これが検査薬。使い方はここに書いてあるから、すぐ試してみてください」

ドラッグストアの紙袋に入っていたのは、ピンクのパッケージに入った妊娠検査薬だった。

「こういうのは、さっさと結論を知るのがいいんです。あとに延ばしたって、苦しい時間が続くだけなんだから」

「……そうですよね」

瑞季さんに背中を押されて覚悟が決まり、検査薬を持ってお手洗いに入る。結果は陽性だった。そう伝えると、瑞季さんの顔がわずかに引き締まる。

「店長、相手には？」

「……言えません」

子供の父親は、間違いなく貴裕さんだ。私には彼以外に相手はいないし、時期的にもぴったり合う。でも、このことを彼に伝えるわけにはいかない。

「そうですか……」

私の様子から、なにかを察したのかもしれない。瑞季さんはそれ以上突っ込んだ話はしなかった。

「今日はもう上がってください。閉店作業は私がしますから」

「えっ、もう保育園のお迎えの時間でしょう?」

瑞季さんには、五歳の女の子と三歳の男の子がいる。ふたりともママが大好きで、今も保育園でママのお迎えを今か今かと待っていることだろう。

「今日は旦那に頼みます。店長はゆっくり体を休めてください。それと、ちゃんと病院に行ってくださいね」

「病院、ですか?」

「ええ、検査薬だけでは不十分なんで。私が通ってた産婦人科でよかったら紹介しますから。ちゃんとお医者さんに見てもらって、赤ちゃんのこと教えてもらわなきゃ」

もう自分ひとりの体ではないんだから、と瑞季さんが言う。

「……そっか、そうですよね」

妊娠の事実にただただ驚くばかりだったけれど、このお腹の中に貴裕さんとの子が宿っているかもしれないのだ。このままなにもしないわけにはいかない。

「それに、貧血のことも相談した方がいいですよ。つわりが始まったら、今よりもっとしんどくなるかもしれないし」

瑞季さんの言葉に刻一刻と、自分の体は変化しているのだと思い知らされる。

「あまり考え込まないでくださいね。不安になったら何時でもいいから電話ください。店長はひとりじゃないってこと、覚えておいてくださいね」

「……ありがとう、瑞季さん」

身寄りのない私のことを思って、敢えて瑞季さんは踏み込んでくれる。彼女の存在が本当に頼もしいしありがたい。

でも、まずは私がしっかりしなくちゃ。これからどうするのか、ちゃんと考えなくちゃいけない。


数日後。私は午前中だけ休みをもらい、瑞季さんに紹介してもらった病院へ向かった。

妊娠は、やはり間違いではなかった。

「六週目に入ったところですね。この黒い穴が胎嚢。画像ではまだ確認できませんが、この中に赤ちゃんが入っています」

診察をしてくれた女性医師が、エコー写真を見せながら説明してくれた。本当に私のお腹の中に、貴裕さんとの赤ちゃんがいるのだ。

意外なことに、最初に湧いてきたのは喜びにも似た感情だった。けれど医師の説明を聞いて、すぐに気持ちは下降する。

「須崎さん、ご結婚はされてませんよね。今後のことを次回までに決めてきてください」

今後のこと。それはつまり、赤ちゃんを産むか産まないかということだ。

「詳しいことはまた次回ご説明しますね」

「わかりました」

病院を出て、深いため息を吐いた。どうするにしろ、本来なら私ひとりでは、決められない、決めてはいけないことなのだ。

悶々としながら店に戻り、午前中の勤務だけだった瑞季さんと交代した。

「病院はどうでした?」

「……はい、妊娠してました」

瑞季さんは、無言だった。皆に諸手を挙げて喜ばれる妊娠ではないことを、たぶん彼女は気づいている。

それでも病院で赤ちゃんのエコー写真を見せられたあと、私の中に残っていたのは、これから生まれてくる赤ちゃんを愛しいと思う気持ちだった。そして、貴裕さんとの間の子供だからこそ、産みたいと思う気持ちも強かった。

「店長がどういう決断をしようと、私は応援してますから」

「……瑞季さん、ありがとうございます」

ひとりだけでも、私の味方でいてくれる人がいる。それだけで、心強かった。

今日は思いの他来店が多く、午後の時間はあっという間に過ぎた。

「もうこんな時間。早く花束作らなきゃ」

ホテルで行われているというお別れの会の会場に電話で注文の入った花束を配達するのが、今日最後の仕事だ。

式の終わりに、個人的に渡すものなのだろう。提示された価格帯は通常よりも高めだったが、あくまでお別れの席だ。花も値の張るものを使いつつもあまり仰々しくならないようかなり気を遣って仕上げた。

「よしっ、こんなもんかな？」

いつもより早めに店を閉めて、配達用のバンに乗り込む。私は指定されたホテルへと出発した。

配達先は、ホテル御三家のひとつと言われる由緒あるホテルだ。海外からの宿泊客も多く、芸能人の結婚式や国際会議などでも使われる。立派な建物に圧倒されつつ、私は建物の裏手にある業者専用の入り口から、ホテルの中に入った。

配達先に指定された会場は、メインタワーの十五階にある宴会場だ。警備室で行き方を聞き、従業員専用のエレベーターを使って会場を目指す。フロアに着くと、大勢のスタッフが忙《せわ》しない様子で準備を進めていた。

ロビーにはたくさんの花輪が飾られている。故人はきっと地位のある立派な人だったのだろう。ふと足を止めた先に、故人を紹介するパネルが展示されていた。スタッフの邪魔にならない位置から、パネルを眺める。上部の目立つところに『株式会社エテルネル・リゾート』の文字が見えた。

「……え？」

故人の顔写真の下に、『時田《ときた》貴徳《たかのり》』と書いてある。安藤さんが店に来たあと、彼の会社のことについて少し調べたから知っている。間違いない、この人は貴裕さんのお父様だ。

私も連絡できずにいたけれど、貴裕さんからの連絡が途絶えたのも、店に来ることがなくなったのもお父様が亡くなったから？

それなのに、私は彼の気持ちを疑ってしまった。婚約者の存在にショックを受けたからって、私はなんて自分勝手なの……。

そう自分を責めると同時に、この事実を貴裕さんから聞かされていないということにもショックを受けている自分がいる。

「あら、もう届けてくださったのね」

ぐちゃぐちゃな気持ちで立ち尽くす私に、声をかける人がいた。

「あなたは……」

安藤さん、その人だった。

「お花ありがとう。いただくわ」

言われるままに、花束を渡す。

「いい香り。ホテルでお花の用意はあるけれど、どうしても私個人でも用意したかったの。故人には、生前とてもお世話になったしね」

安藤さんは花の香りを嗅いで優雅に微笑んだかと思うと、一転して好戦的な視線を私に向けた。

「ご存じだと思うけど、今日は貴裕さんのお父様のお別れの会なの。立派な会場でしょう？」

「……そうですね。驚きました」

さすがになにも聞かされていないとは言えず、咄嗟にそう答えてしまった。彼女は意地を張る私を、さぞ面白がっていることだろう。

「彼のお父様は人格者で、業界を問わず慕う人が多いの。きっと参列するかたもかなりの数に上るでしょうから、会を開くならぜひうちでって貴裕さんにお願いしたのよ」

「うちで？」

思わず聞き返した私に、安藤さんが呆れた顔をする。

「あら、ご存じないかしら安藤グループって。このホテル以外にも事業を展開しているのだけれど」

「いえ、もちろん存じています」

安藤グループといえば、海外まで事業を展開している旧財閥の流れを組む大企業だ。貴裕さんの相手として、確かに申し分のない家柄だろう。

彼女との差をまざまざと思い知らされ、私には唇を噛むことしかできない。

「……ところで、あなたは出席なさらないの？」

仕事着のままの私の全身に視線を走らせると、意味ありげな笑みを浮かべる。

「いえ、私は……」

会に呼ばれるどころか、私が彼のお父様の死を知らされていないことなど、安藤さんはきっとお見通しなのだ。

「やだ、変なことを聞いてごめんなさい。これはお代よ。綺麗な花束をありがとう。きっとお父様もお喜びになるわ。……もちろん貴裕さんも」

なにも言い返せずにいる私に、安藤さんが封筒に入った代金を手渡した。貴裕さんとの家族との親密さを窺わせるセリフに、ズキリと胸が痛む。

これ以上、惨めな思いをしたくなかった。

「ご利用ありがとうございました。失礼いたします」

勢いよく頭を下げて、彼女の顔を見ることなく私は従業員のエレベーターへと引き返した。

私の後ろで、張り切ってスタッフに指示出しをする安藤さんの声が響いていた。

あの日聞いたこと全部、嘘ならいいと思っていた。でもそうではなかった。

安藤さんの話を聞く限り、彼女はすでに貴裕さんの家に受け入れられている。まだスタッフしかいない会場で、場を仕切ることを任せられるくらい、彼女は貴裕さんのパートナーとして認められている。そしてそのことを見せつけるために、彼女は私をわざわざ呼びつけたのだ。

翌日、瑞季さんは朝から夕方までのフルタイム勤務。客足が途絶えた時間があり、自然と話題は子供のことになった。

覚悟は、決まっていた。子供は産む。貴裕さんには話さない。私ひとりで、この子を立派に育ててみせる。腹をくくってしまえば、案外さっぱりしたものだった。

「そうですか、決めたんですね」

「はい。瑞季さんにはご迷惑をおかけするかもしれないんですが」

「そんなこと気にしないで、どんどん頼ってください。子供のことに関しては、私の方が先輩なんだし」

すぐ側に経験者の瑞季さんがいるというのは、大きな安心材料だった。瑞季さんも、可能な限り協力すると言ってくれた。

「となると、あとはオーナーですね。どうしたって、出勤できない時期が来るわけだし」

生活がかかっているから、できるだけ早く復帰をしたい。それでも、出産前後の時期と子供が生まれてから、少なくとも数カ月は休まなければならない。その間の人員補充もお願いしなければならないだろう。

「そういうところ、オーナーも理解のある人だと思うんですけどね」

そう願わずにはいられない。

オーナーは五十代半ばの女性だ。仕事と家庭を両立しながら、フラワーショップを経営し、今では都内に五店舗を構えるまで成長させた、やり手の実業家だ。

きっと私の境遇に共感してもらえる部分もある。そう思っていたけれど、自分がいかに甘かったか思い知らされることとなった。

「ごめん、美海ちゃん。突然で申し訳ないのだけれど、この店舗今月いっぱいで閉めることにしたの」

妊娠のことをオーナーに話そうとアポイントの電話をかけた翌日、ラパンに姿を見せたオーナーは、私を見るなり頭を下げた。

「……そんな、どういうことですか?」

どんなに食い下がっても、理由は言えないの一点張り。閉店はもう決まったことで、私がどう頑張ったところで翻るものではなかった。

「それじゃ、私と瑞季さんは」

「本当に申し訳ないのだけれど、辞めてもらうことになるわ」

私はともかく、瑞季さんだけでもどこかの店舗で雇ってもらえないかと頼み込んだけれど、それも難しいとの返事だった。

退職金はきちんと払うから、とそこばかりを強調して、オーナーは逃げるように帰って行った。

「相談もなく閉店を決めちゃうなんてひどい」

「すみません、店長なのに、なんの力にもなれなくて」

「そんな、店長はなにも悪くないじゃないですか！」

自分だって職を失うのに、瑞季さんは私を責めたりしなかった。

「店長は、これからどうするんですか」

「……どうしらいいんだろう」

子供を産むにしろ育てるにしろ、お金がいる。今仕事を失うのは、かなりの痛手だ。すぐに就職活動をするにしても、出産を控えた、しかも未婚で身寄りもない人間を雇ってくれる会社なんてあるのだろうか。雇ってもすぐに産休に入るのに？　そんな会社、どう考えたってあるわけがない。

だからって、手を止めるわけにもいかない。閉店の周知に取引のある業者さんへの連絡、お得意様への挨拶に店内の片付け。閉店までにやらなきゃいけないことは山のようにある。今まで築き上げてきたものがあるからこそ、どの作業も手を抜くわけにはいかなかった。

ほどなくして、つわりが始まった。私はいわゆる吐きづわりで、食べてもすぐに戻してしまう。みるみるうちに体重が減って、顔色も悪く瑞季さんにも心配された。食事も喉を通らないことが多い。ひどい時は、スポーツドリンクなど飲んだものもすぐ戻してしまっていた。

「店長、ちょっと休んでください。これじゃ倒れちゃう」

「大丈夫大丈夫」

不思議なことに気力だけは充実していた。それだけで、最後まで頑張れたようなものだ。

取引先の人やお客様達も、閉店を心から残念がってくれた。だからこそ、悔いのないお別れをしたいと思ったし、なにより、お腹の子が私に活力をくれた。

この子のために、頑張らなくちゃ。その存在が、私の支えだった。

瑞季さんも頑張ってくれたおかげで、なんとか無事閉店の日を迎えることができた。

「店長、今までお世話になりました」

「瑞季さんも、本当にありがとうございました」

瑞季さんはお店の仕事と並行して求職活動をして、無事次の職場を見つけることができた。

「新しいお店にも顔を出しますね」

「嬉しい！　こっそりサービスしちゃう」

次の職場は大手のホテルや結婚式場と契約しているフラワーショップで、花嫁のブーケや結婚式場の装花も手掛けているという。さらに経験を積んで、いつか自分のお店を持つのが瑞季さんの夢だと閉店作業の合間に話してくれた。

「瑞季さんの夢、絶対叶えてくださいね」

「ありがとうございます。店長も、元気な赤ちゃんを産んでくださいね。連絡待ってますから」

瑞季さんはずっと私とお腹の赤ちゃんのことを心配してくれていたけれど、私は、こっちにいる親戚のところにお世話になると嘘をついた。子供もまだ小さくて職場も変わってしまう瑞季さんに、これ以上心配や負担をかけるのが嫌だったのだ。

瑞季さんとは、笑顔で別れた。最後の最後まで涙は見せないと踏ん張った。

でも、ピンと張り詰めていた糸は、別れと共に切れてしまった。

ふらふらの体で、ラパンを出た。疲労はピークで、今にも崩れ落ちそうな体をなんとか引きずり歩いた。

ひとりきりで暗い夜道を歩いていると、心を不安が支配していく。通常の業務と閉店作業をこなすのに必死で、このあとのことはなにも決まっていない。

当面は、今までの蓄えや今回の退職金などでなんとかやっていける。でも、子供を産んだあとは？　生まれたばかりの子を抱えて、本当に職探しなんてできるのだろうか。

こんなこと今から考えたって仕方ない。人ひとりを育てるのだ。悩む暇があったら行動しなきゃ。

わかっていても、不安はどんどん大きくなる。

「……うっ、ひっく……」

外灯がぽつんと照らす静かな道の真ん中で、堪えきれずついに私はぽろぽろと涙をこぼした。

心は痛いほど、貴裕さんを求めている。あの優しい声で「大丈夫だよ」って言って、抱きしめて欲しかった。

今だけ、こんなふうに泣くのは今だけだ。明日からは、お腹の子のためにまた強い私になる。

自分が住むマンションが見えてきたところで、一台のタクシーが停まった。

「ありがとうございます。助かりました」

懐かしくて温かな声。自分の耳を疑った。

「あらっ、美海ちゃん！　ちょうどよかった、今帰り？　……ちょっとあなたどうしたの？」

故郷の島でお世話になっていた、素子さんだった。両手にお土産らしき荷物をいっぱい抱えて立っている。

「素子さん……」

急に気が抜けてしまって、私は子供みたいに素子さんに抱きついた。素子さんはびっくりしながらも、涙が止まらない私を優しく抱きしめてくれた。

「そう、そんなことがあったの……」

これ以上ひとりで抱えていることができなくて、私はこれまで自分の身に起きたこと全てを素子さんに打ち明けた。

「彼のためにも、本当は子供のことは諦めるべきだったのかもしれない。……でも私には、どうしてもできなかったの」

貴裕さんを失った今、お腹の子供だけが私の心の支えだった。

これまでの人生で、私は両親、好きだった仕事、支えてくれた仲間、そして大好きだった人全てを失ってしまった。私は、これ以上誰も失いたくない。

無謀なことを言っていると思う。素子さんにも、「甘いこと言ってるんじゃないわよ」って、怒られるかもしれないと思っていた。でも素子さんは、そうしなかった。

「……わかった。美海ちゃん、一緒に島に帰ろう。みんなで生まれてくる子供を育てよう」

「でも、私には帰る家なんて……」

父と住んでいた小さな家は、島を出る時に処分してしまっている。つらい思い出のある島には、二度と帰るつもりはなかったのだ。私は島を捨てた人間なのに……。

「うちに住めばいい。そして子供を産んで落ち着いたら、うちの宿を手伝って。こんな時くらい甘えてよ。……私は湊にあなたのことを頼まれたのよ」

「素子さん……」

もういない母との約束を、素子さんはずっと守ってくれている。心も、体も、すっかり弱り切った私には、素子さんに頼る以外思いつかなかった。

「よろしくお願いします、素子さん……」

こうして私は、お腹の子供と一緒に生まれ育った島へ戻ることになった。

七カ月後、私は本土の病院で元気な男の子を産んだ。貴裕さんから一字もらって、貴斗と名付けた。会わせることはできないけれど、あなたには優しくて素敵なお父さんがいる。だから強く生きて。そう願いを込めた。

病院を退院する前日、気になって彼の会社のことを調べてみた。ネットで検索して一番に出て来たのは、彼が急逝した父親の跡を継いだというニュースだった。

「そっか、とうとう貴裕さんは……」

彼が会社を継いだということは、安藤さんと結婚したということだ。今度こそ私は、彼への未練をきっぱりと断ち切らなくてはならない。

「ふにゃぁ……」

「あら、起きちゃったの」

ベビーベッドの中で大人しく眠っていた貴斗が、小さく泣き声をあげる。抱き上げると安心したのか、また眠ってしまった。

これまで感じたことのない愛しさが、胸の中に込み上げてくる。

貴斗のことは、私が守る。

今までにないほど強い気持ちで、私はこの腕の中の小さな体を抱きしめた。

DAY1　覚悟して

貴裕さんを部屋に案内したあと、私はいったん、宿の裏手にある素子さんの家に行った。

貴斗は雄ちゃんにお風呂に入れてもらって、夕飯に智雄さんお手製のオムライスを食べていた。

「美海、お疲れ」

雄ちゃんが冷たい麦茶を手渡してくれる。それをひと息に飲んで、ずいぶん喉が渇いていたことに気がついた。三年半ぶりに貴裕さんを前にして、それだけ緊張していたのだろう。

「ありがとう雄ちゃん」

「なあ、さっきの人ってひょっとして……」

食事に夢中になっている貴斗を横目に、雄ちゃんが小声で言う。

「うん、貴斗の」

全部言うまでもなく理解したらしい。

「……どうも、おふくろは知っていたっぽい」

「どういうこと？」

「あの人が来る前後、おふくろ変じゃなかった？」

「言われてみれば……」

そう言えば、いきなり掃除を始めたり、私と目を合わせてくれなかったり。素子さんもなんだかそわそわしてる感じがした。

と言うことは、素子さんは全部承知の上で、敢えて私を貴裕さんの迎えに行かせたんだ。

「おふくろからおやじも聞いてたんじゃないかな。貴斗を連れてこっちに戻ったあと、おやじ急に不機嫌になってさ……」

「えっ、どうして？」

「美海と貴斗取られるのが嫌なんじゃねぇの」

「そんな、私はどこにも行ったりしないよ」

「なんでだよ。あの人、美海のこと迎えに来たんだろ？」

「うん……。でも、話はこれからなの」

お互いのことを話すなら、たぶん長くなる。それなら貴斗を寝かし付けてくるから、先に食事とお風呂を済ませておいてほしいと貴裕さんにお願いしてきたのだ。

「雄ちゃん、悪いんだけど今夜はここに泊めてもらってもいいかな。貴斗を寝かし付けてから、話してくる」

「……わかった。貴斗は俺が見てるからゆっくり話してこいよ」

「うん、ありがとう」

保育園でたくさん遊んで疲れ切っていたのか、食事が済むと貴斗はそうぐずることなく眠ってくれた。


「お邪魔します」

「いらっしゃい」

貴裕さんが泊まっている二階の藤の間は、海側に面した部屋だ。私が訪ねた時、貴裕さんは冷房の効いた部屋でほんの少し窓を開けて、波の音を聞いていた。

「海が珍しい？」

都会の、ビルに囲まれた場所ばかりにいたら、きっとここの景色は新鮮に違いない。

「波の音を聞いていると落ち着くんだ」

「そうなんだ」

「でも同時に、苦しくもなる」

「……どうして？」

貴裕さんは陰りのある表情で私を見つめたあと、「美海を思い出すから」とぽつりと言った。その表情に胸を掴まれる。私がいなくなったことを、貴裕さんはどう受け止めていたんだろう……。

「最後に会った日、俺は君にメモを残してただろう」

「ええ」

そのメモなら、実は今でも大事に取ってある。貴裕さんの存在を感じることができる、唯一のものだったから。忘れなきゃと思っていたけれど、私にはどうしても捨てることができなかった。

「あれを書いた時に、美海の名前の由来を知りたいと思ったんだ。あの日は聞きそびれたけど、俺達にはこれからたくさん時間がある。いつでも聞けるからまあいいかって思ってた。それがまさか、あれっきりになるなんて……」

あの時はふたりとも、ようやく想いが通じて幸せのただ中にいた。それきり会わなくなるなんて考えもしなかった。その上、貴裕さんの前からいきなりいなくなるなんて、私は本当にひどいことをした。

「私に名前を付けたのは父よ。父は漁師だったの。どんなことがあっても、海の神様に守ってもらえますようにって美海って名付けてくれた。……それなのに、父自身は海の事故で亡くなったの」

今でも、あの時のことを思い出すとつらい。まだ高校生だった私は、父の事故をきっかけに島を出ることばかり考えていた。この島のあちこちには父との思い出が残っていて、思い出すだけで苦しかったからだ。

「お母さんは？」

「母も他界してるの。元々体の弱い人だったらしくて、私を産んですぐ」

母の死に私の誕生が関係しているのか、はっきりとはわからない。父は私のことを案じてかそのことを口に出すことはなかったし、素子さんもなにも言わない。

それならば私から尋ねることもしないでおこうと、物心ついた時に自分で決めたのだ。

「美海はご両親を亡くしているのか。……そんなことも俺は知らなかった」

「私も貴裕さんのことをほとんど知らなかったもの。……私達、お互いのことをちゃんと知る前に距離を置いてしまったのね」

当時のことを、今さら悔やんでも遅い。どんなに足掻いても、過ぎてしまった時間はもう戻らないから。

「ところで貴斗は？」

「もう寝たよ。疲れてたみたいで」

「まだ八時なのに？」

「いつもこれくらいよ。一度寝たら朝まで起きないし」

生まれてからしばらくは、一時間置きくらいに起きては泣く子だったけれど、一歳を過ぎた頃から、貴斗は一度寝ると朝まで起きなくなった。今ではだいぶ手がかからない方だと思う。

「子供って、そんなものじゃない？　疲れたりお腹がいっぱいになったりすると、電池が切れたようにパタンと寝ちゃうし」

貴裕さんは、「へえ」と目を丸くしている。

「貴裕さんのところは、そうじゃないの？」

「え、俺のところはって？」

「だって、貴裕さん結婚したんでしょう？　もう三年も経っているし、てっきり……」

安藤さんと結婚することが、貴裕さんが会社を継ぐための条件だったはずだ。貴裕さんがエテルネル・リゾートの社長に就任しているということは、そういうことなんだと思っていた。

「やっぱり、まずはそのことからだな」

「……なにが？」

「言っただろ、君は誤解してるって」

「誤解って、いったいなんのこと？」

「知っているだろ、安藤芹香。元はと言えば、あの女が元凶だ」

それから、貴裕さんは全てを話し始めた。

「出会ったのは、美海と知り合ったのと同じ頃、知人のパーティーでだ。そこで彼女に気に入られて、後日個人的に会いたいと連絡が来た」

「そうだったの？　私には貴裕さんとは古い知り合いだって」

出会いから、私が聞いていたのとは話が違う。まずそのことに驚いた。

「それは違う。美海には俺のことを両家の親が決めた婚約者だと言ったんだろう？」

「ええ、ふたりの結婚が貴裕さんが会社を継ぐための条件だって。それに、お別れの会の時も……」

「お別れの会？　俺のおやじの？」

「ええ。あの日、私は安藤さんにオーダーをもらって、まだ準備中だった会場に花束を届けたの。その時も、安藤さんが場を仕切っていたから、時田家の人間としてそこにいるんだって思い込んで……」

思い出すと、今でも胸が痛む。あの時、貴裕さんと安藤さんの結婚は決定事項で、私の存在はふたりにとって邪魔でしかないのだと思ったのだ。

でも実際は、安藤さんが自分の親の立場を利用して会場に入り込み、好き勝手にしていたのだという。ホテル側にはあとから正式にクレームを入れたそうだ。

「……そうだったの?」

「ああ、好き放題しやがって。……くそっ! あいつのせいで、俺と美海は」

貴裕さんは拳を握りしめると、ドン! と畳に叩きつけた。こんなに言葉を荒らげている貴裕さんを初めて見た。

「貴裕さん、落ち着いて」

驚いて、思わず彼の肩に触れてしまう。貴裕さんはびくりと体を震わせると、熱っぽい瞳で私を見た。

あの夜見た、熱情を含んだ彼の瞳。ふたりを取り巻く空気が瞬時に三年半の時を飛び越える。

思わずごくりと唾を呑むと、彼は我に返ったのか、「すまない」と一言謝った。

「それで、君は黙って身を引いたんだな」

「そうするしかないと思ったから……」

自分がいることで、貴裕さんの未来が変わってしまうなんてとてもじゃないけれど耐えられなかった。あの時はそうすることが最善だと思ったのだ。

「信じてくれ、俺は結婚なんてしていない。全てあいつの嘘だ。俺は……ずっと君を捜してた」

貴裕さんの切羽詰まった瞳。さっき声を荒げたことといい、初めて見る姿ばかりだ。でも、普段落ち着いて優しい雰囲気を纏っていた彼が自分を失ってしまうほど、必死なのだとわかる。

「……わかった。信じます」

「ありがとう、美海」

心から安堵した顔で、彼が言う。そんな姿を見ていると、また手を伸ばしたくなる。どこかに追いやっていたはずの気持ちが姿を現しそうになる。私はぐっと堪えて、再び口を開いた。

「でも、どうして今？」

貴裕さんほどの立場の人ならば、私を捜すくらいわけもないことのように思える。

実際、島に帰ったばかりの頃は、そのうち見つかってしまうかもしれないと常に怯えていた。

「俺も不思議だった。美海が外国に出たのでもない限り、すぐに見つけられると思ってた」

でもそこにも、安藤さんが手を回していた。全て先回りをして、貴裕さんに私の行方が知れないよう妨害をしていたという。

貴裕さんもまさか安藤さんがそこまで自分に執着しているとは思いも寄らず、彼女のことは完全にノーマークだったらしい。

「つい最近になって、安藤が君のことをポロリとこぼしたんだ」

以前のようにしつこくされることは減ったものの、機会があれば彼女は貴裕さんに秋波を送ってきた。それが最近になって、あまりに脈のない貴裕さんに恨み言を口にすることもあったという。

「まだ君のことを忘れてないのかと言われて、なぜ美海のことを知っているのかと安藤を問い詰めた。君に嘘をついて、俺から引き離したと白状したよ。それに、あの女がラパンを閉店に追いやったことも」

「あの人が？」

安藤さんは、人を通じてラパンのオーナーに接触し、彼女の父親が代表を務めるホテルにフラワーショップを出店しないかと持ちかけた。

「ずいぶんいい条件を出したらしい。ただひとつだけ、交換条件を出した」

「ひょっとして、ラパンを閉めること？」

「ああ。おそらく君の居場所を奪うことが安藤の目的だったんだ」

ラパン閉店の裏にそんな取引めいたことがあったなんて。どうりで、オーナーがなにも話してくれなかったわけだ。

それだけじゃなく、安藤さんは貴裕さん側にも仕掛けていた。

長年難航していたエテルネル・リゾートのヨーロッパ進出が進展するよう、父親の会社を通じて、向こうのエージェントに働きかけていたらしい。

「ヨーロッパ圏への進出は、父の念願だったんだ。俺はどうしても父の夢を叶えてやりたかった。それに、今になって思えば、毎日を仕事一色にして、美海がいなくなった現実から目を逸らしたかったんだと思う」

社長就任後、貴裕さんは新事業のために身を粉にして働いた。結果として、私の捜索は人任せになり、安藤さんの介入を許すことになった。

どうも安藤さんの側近に、切れ者がいるらしい。安藤さんがひとりでここまで考えてアクションを起こすのはあり得ないというのが、貴裕さんの考えだ。

「周りを巻き込んでまでこんなことするなんてな」

「それだけ、安藤さんは貴裕さんのことを本当に好きだったのね」

私が言うと、彼が顔をしかめる。

「美海はそう思うのか？　……俺にはわからない。彼女に対してあるのは、マイナスの感情だけだ」

「それで、今安藤さんは？」

「さあ。もう俺に彼女の動向はわからない。知りたくもない」

安藤さんのご実家にも報告し、今後一切貴裕さんとは関わらないと約束させたそうだ。ご両親からは改めて謝罪があったと言う。

「安藤から君の居場所を聞き出して、貴斗の存在も知って、……後悔したよ。俺はあの時仕事に逃げずに、なんとしてでも君を捜し出すべきだった」

「貴裕さん……」

畳に手をついて項垂《うなだ》れる貴裕さんの肩に、そっと触れる。ぴく、と微かに体を震わせて、彼が顔を上げた。

「謝らないといけないのは私の方。……あなたに黙って勝手に貴斗を産んでしまってごめんなさい」

「俺の子って認めるんだな」

これ以上、黙っていることも下手にごまかすこともやってはいけないと思った。

「はい」

「……っ、美海！」

肩に触れていた手を掴まれ、その胸に抱き寄せられた。体を離そうともがくと、さらに強い力で抱きしめられる。

「貴裕さん、離して」

「離さないよ。もう二度と離れないって決めたんだ。美海、東京に戻って、貴斗と三人で暮らそう」

「……ごめんなさい。できないわ」

ゆっくりと、顔を上げる。虚を突かれたかのような彼の顔。この期に及んで、私が拒むとは思っていなかったのだろう。

貴裕さんの胸に手をついて体を起こすと、今度は無理に抱きしめるようなことはしなかった。

「美海、どうして……」

「安藤さんが言ってたことが全て嘘だったとしても、あなたがエテルネル・リゾートの社長であることに変わりはないわ。……ごめんなさい。私とあなたは、とてもじゃないけどつり合わないと思う」

安藤さんに言われたからじゃない。この三年間、貴裕さん自身のことや彼のご実家、会社のことなど、私なりに色々調べてきた。そして彼のことを知るたびに、自分との差を思い知らされた。

私は、どうしても自分が彼の隣にいるに相応しい人物だとは思えない。

「そんなことない。それに、貴斗のことはどうするんだ」

「どうもしない。これまで通り、私が育てるわ。私達はこの島でずっと暮らすのよ」

「せっかくまた会えたのに、なに言ってるんだ。家族が離れ離れに暮らすなんてダメだ！」

「それならば、最初から私と貴斗はいなかったことにして」

呆然としている貴裕さんの両手を外して立ち上がる。

「貴斗のことが心配だからもう戻るわ」

俯いていた貴裕さんが、顔を上げた。

「そう言えば、俺が諦めると思った？　そんなわけないだろ」

「……貴裕さん？」

「俺は美海が欲しいんだ。貴斗のことだって、大事に思ってる。ふたりとも片時も離したくない」

彼の熱っぽい瞳に見つめられ、あっと思った時には、彼の腕の中に引き戻されていた。体ごと閉じ込められ、私は身動きもできない。

もっと、物わかりのいい人だと思っていた。私が知る貴裕さんは終始穏やかで、感情を発露させることなんて滅多にない。それが、こんなに強引な面も持ち合わせているなんて。

さっきから、どんどん彼の新しい顔を見せられて、困惑している自分がいる。

「一週間ある。……東京に帰るまでに、俺は必ず君の心を取り戻す。だから、覚悟して美海」

頭上で低く響く彼の声を、私は息を詰めて聞いていた。

DAY2　愛しい、それしか思い浮かばない

貴裕さんが島に来て二日目。土曜の今日は絶好の釣り日和だ。ひぐらし荘に泊まっているお客さんの半分が、早朝から船釣りに出かけている。

今日の私は早番で、朝食の給仕から夕食準備までを手伝うことになっている。

貴裕さんは、もう起きているだろうか。そっと食堂の中を覗くと、貴裕さんはとっくに席についていた。

「おはよう、美海」

昨夜は、驚いたのと焦ったので、彼の部屋から逃げるように飛び出してしまった。

気まずく感じていたのは私だけで、彼はなんとも思っていないらしい。爽やかな笑顔で私に微笑みかけてくる。

「……おはようございます」

それにしても……。他のお客さんの前で、気安く名前を呼ぶのはやめて欲しい。

そっと貴裕さんを睨んでみても、澄ました顔をしている。それがまた腹立たしい。

「なんだぁ、美海ちゃん。彼氏が来てるのかい？」

そう声をかけて来たのは、常連のお客さんだ。磯釣りが好きで、月に一度は本土からひぐらし荘に泊まりに来る。

「なに言ってるんですか、違います。……時田さんは、古い友人なの」

「そうなんかぁ、もったいない。見惚れるほどの色男じゃないか」

貴裕さんはというと、こんなことは言われ慣れてるのだろう。「ありがとうございます」なんて言って、余裕の笑みを浮かべている。

「どうだい、美海ちゃんは？　働き者だし、いい嫁さんになると思うよ」

頼んでもいないのに、お客さんは私のことを貴裕さんに押し売りしようとする。

「俺も頑張って口説いてるんですけどね。なかなか素直に応えてくれなくて」

「ちょっと、貴裕さんまで！」

「なんだ美海ちゃん。もったいぶってると、あっという間におばさんになっちゃうぞ」

「俺は美海がおばさんになろうが、ずっとぷりぷり怒ってようが、一向に構わないんですけどね」

なんて言って優雅に微笑む貴裕さんに絶句してしまう。貴裕さんって、こんなことを言うような人だったの⁉

「言うねぇ、兄ちゃん。俺は応援するぞ！」

お客さんが、ヒューっと口笛を吹く。半分以上席が埋まった食堂の真ん中で、私は恥ずかしさのあまり固まってしまった。

「美海ー、焼き魚上がったぞ！」

「あっ、はーい」

厨房から、雄ちゃんの呼ぶ声がする。まだ盛り上がっている貴裕さんとお客さん達を尻目に、私は厨房に逃げ込んだ。

お客さんからの冷やかしをなんとかかわしながら焼き魚を配り終え、再び厨房へ戻ると、今度は雄ちゃんがジトッとした目で私を見た。

「……なに？」

「昨日の今日でずいぶん仲いいじゃん」

「そんなことないよ」

「あるだろ。時田さん、ずいぶん積極的だなぁ」

食堂でのやり取りは厨房からも丸見えだったらしい。容赦なく冷やかしてくる雄ちゃんに引き替え、智雄さんは無関心を装って、もう賄いを作り始めている。

「揶揄われただけよ。別に仲よくなんてしてない」

「そんな真っ赤な顔して言われてもなー」

身だしなみチェック用に厨房の壁に貼ってある鏡を見て唖然とした。本当に耳まで真っ赤になっていて恥ずかしい。これじゃ、ばっちり意識してますって言っているようなものじゃない……。

「厨房と食堂を何度も行ったり来たりしたから、暑くなったのよ」

苦しい言い訳だろうか。ニヤニヤしている雄ちゃんに比べ、黙々と魚を捌《さば》いている智雄さんの表情は厳しい。事情があったとはいえ、今頃になって迎えに来たと言う貴裕さんのことを面白く思っていないのは明白だった。

「どうすんだよ美海。時田さん、本気だろ」

「どうするって言われても……」

全て誤解だったからと言って、すぐに元に戻れるわけじゃない。

もし彼についていく道を選んだら、生活の全てが変わってしまうのだ。貴斗にどんな影響が出るか、想像がつかない。

それに、ひぐらし荘での仕事を辞めることも、この島を出て東京で生活することも、今の私にはうまくイメージができなかった。

「無理してついていかなくても、ずっとここにいればいい。貴斗のことも、今まで通りみんなで育てればいいだろ」

「智雄さん……」

智雄さんも素子さんも、貴斗のことを実の孫のように可愛がってくれている。父親がいなくても、貴斗が寂しい思いをしないで済んだのはみんなのおかげだ。

「この話はもう終わり。雄介は先に飯食ったら朝飯の皿洗いな」

「ちぇっ、わかったよ。でも皿洗い終わったら俺は出かけるからな。午前の便で薫が帰って来るんだ」

雄ちゃん、薫さんのことを迎えに行くんだ。相変わらずラブラブだな……。

「あとのことは私がやるから安心してね」

「悪いな」

「全然」

役場の仕事もこなした上で、お手伝いをしてくれてるのだ。雄ちゃんには感謝しかない。

「そうだ、俺が貴斗の面倒見てやろうか？　柚子もいるし」

「いいいい。せっかくのお休みなんだから、雄ちゃんはゆっくりして」

保育園のない日は、貴斗はひぐらし荘に連れて来ている。忙しくてあんまりかまってあげられないのはかわいそうだけれど、週末はいつもそうしている。

「食堂の様子を見てくるね」

トレイを持って、厨房を出た。

食堂に戻ると、大半のお客さんは食事を終え、もう部屋に戻っていた。窓際のふたり掛けの席に、ポツンと貴裕さんが座っている。外の景色を眺めながら、食後のお茶を飲んでいた。

「お茶のおかわり持ってこようか？」

話しかけられて初めて、私が側に立っていることに気がついたようだ。

「ああ、美海か。ありがとう」

「ちょっと待っててね」

私がお茶を淹れ直している間も、食器を下げている間も、貴裕さんはまだ外を見ている。その視線の先に、素子さんと一緒に洗濯物を干している貴斗の姿があった。

貴斗は朝から元気いっぱいで素子さんに纏わりついている。仕事をしてくると言った素子さんに、きっと「たかともやる！」と言ってついて行ったのだろう。張り切った様子で、カゴの中から洗濯物を取り、素子さんに渡している。

「本当に可愛いな」

「……うん。ひょっとして、貴裕さんって子供好き？」

元から優しい人なのは知っていたけど、貴斗の存在をなんの抵抗もなく受け入れているることに正直驚いた。

「うん……どうなのかな。今まであまり子供に接することがなかったからよくわからないけど」

「そうなんだ」

「でも、貴斗のことは可愛くって仕方がない。この気持ちを言葉で表すなら……愛しい」

「えっ……」

「それしか思い浮かばない」

なんてことないように言って、貴裕さんが席を立つ。呆気に取られている私を見て、貴裕さんが言った。

「美海は今日も仕事なんだろ。貴斗の面倒は誰が見るの？」

「休みの日はいつもここで見てるの。つきっきりってわけにはいかないけど、その時手が空いてる人が相手をしたり」

「そうなんだ。俺が見てようか？」

貴裕さんがひとりで貴斗を？

「そんな無茶よ。まだまだ手がかかるよ」

早いうちから保育園に行っていたおかげで、オムツはばっちり取れているけれど、言葉もまだ拙《つたな》いし、言いたいことがうまく伝わらなくて癇癪《かんしゃく》を起こすこともある。人見知りの貴斗がいくら一発で懐いたからって、いきなり一日一緒に過ごすのは無理に決まっている。

「どうして？　やってみなきゃわからないじゃないか」

「だって貴裕さん、子供に関わったことないんでしょう？」

ついさっき、自分の口でそう言ったばかりなのに。

「あのな、美海」

貴裕さんは席から立ち上がると、人差し指で私の眉間をトンと突いた。

「経験がないから無理だって決めつけてたら、なにもできないよ。絶対に貴斗の安全を最優先にするし、困った時は美海やオーナーさん達の手を借りる。だから、俺から貴斗と仲よくなるチャンスを奪わないでくれ」

「私、そんなつもりじゃ……」

「わかってる、美海は俺に気を遣ってくれたんだろう。でも俺だって少しでも早く、ちゃんと貴斗の父親になりたいんだ」

この先私が、彼とは違う道を選んだとしても、貴裕さんと貴斗は正真正銘の親子だ。親として成長したい、貴斗との仲を深めたいと言う貴裕さんを止める権利は、私にはない。

「……わかったわ。でも、ひとつお願いがあるの」

「なんだ？」

「貴斗にはまだ、あなたが父親だって言わないでほしいの」

「……それは、どうして？」

貴裕さんからしたら、一刻でも早く自分が父親だと告げて、貴斗を思いっきり抱きしめたいだろう。でも貴斗はまだ二歳。父親というものがどういうものかわかっているかも怪しいし、貴斗から見て、貴裕さんはたくさんいるひぐらし荘のお客さんのひとりにすぎない。

「勝手を言ってごめんなさい。でも、貴斗を混乱させたくないの」

「……わかったよ。俺だって貴斗に負担をかけたいわけじゃない」

「ありがとう」

貴裕さんが、貴斗のことを優先して考えてくれる人でよかった。安心して、ホッと息を吐く。

「それじゃあ、今日はよろしくお願いします。貴斗を呼んでいい？」

「いや、俺から行くよ」

貴裕さんは食堂から外へ出ると、素子さんと貴斗がいる物干し台のところへと走って行った。私のいる場所からは、貴裕さんに向かってしきりに頭を下げる素子さんと、貴斗を抱き上げる貴裕さんの姿が見える。その光景がなんだかとても微笑ましくて、それでいて私は胸が痛くなった。

貴裕さんの言う通り、本当なら家族三人揃って過ごすのが一番自然なことだ。貴斗のことを考えたら、貴裕さんについていくのが正解なんだろう。

要するに、問題は私なんだ。小さな島の出身であること。家族とは死別していること。仕事の経験も限られていて、貴裕さんの役に立てるような知識なんて持ち合わせていないこと。自分のどこを取っても、貴裕さんに相応しいとは思えない。

それなのに、どうして貴裕さんは私が欲しいと言ってくれたんだろう。

私に貴裕さんのことを幸せにできるのかな……。

今はまだ、彼の求めに応える勇気がない。自信がないのだ、自分に。自分でも嫌になるくらいに。

もっと私に能力があれば、ラパンのオーナーも私を辞めさせたりしなかったんじゃないか。もっと私がしっかりしていたら、素子さん達にお世話にならずに自分だけの力で、貴斗のことを育てられたんじゃないか。

その想いは、この三年間ずっと私につきまとってきた。

「どうしたの、美海ちゃん。ボーっとして」

いつの間にか、空っぽになった洗濯籠を抱えて、素子さんが戻ってきていた。

「うん……、ちょっと考え事してた」

「そう」

庭の方から、貴斗がはしゃぐ声が聞こえる。素子さんは、海風がそよぐ庭で追いかけっこをしている貴斗と貴裕さんを見て、笑みを浮かべていた。

「本当に、時田さんが貴斗の父親なのね」

視線はふたりに置いたまま、素子さんが私に尋ねてきた。

「ええ、そうなの」

私が頷くと、素子さんは「そっか」とだけ言った。

「いい人じゃない、時田さん」

「……うん」

「ねえ美海ちゃん見て。貴斗すっごく楽しそう」

逃げる貴斗を貴裕さんが絶妙な距離感で追いかけている。たまに貴裕さんが貴斗の体にタッチすると、それをまた貴斗が喜ぶ。子供と接する機会がないと言っていたわりに、貴裕さんは子供の喜ぶツボをよく知っている。

「素子さん、彼が来ること知ってたんでしょ？」

私が言うと、素子さんは笑いながら肩を竦《すく》めた。

「雄介に聞いたの？」

「うん。なんか感づいちゃったみたい」

「チャラチャラしてそうに見えて、雄介も案外よく見てるのねぇ」

まんざらでもなさそうな顔で、素子さんはそう言った。

「時田さんね、実はここに泊まりに来るよりも少し前に私に連絡をくれてたの」

「えっ、そうだったの？」

素子さんは、黙ったまま頷いた。

「あなた達を捜し出すまでに時間がかかったことを、心から悔いてたわ。美海ちゃんに本当にすまないことをしたって。私達にも謝ってくれて」

黙っていなくなったのは、私の方なのに。貴裕さんはきっと、自分を責め続けていたに違いない。

「でも、あなたの側に私達がいてくれてよかったって。美海ちゃんはきっと誰にも頼らずに、ひとりでなんとかしようとするから、心許せる人が側にいたって知って安心したって言ってくれたの。たぶん私達だったから、美海ちゃんも素直に甘えられたんだろうって。そんなふうに言ってもらえて、私もとっても嬉しかった」

「貴裕さんが、そんなことを？」

私達が一緒にいられたのは、本当にごくわずかな時間だった。それでも貴裕さんは私のことを深く理解してくれていたのだと改めて思う。

「ねえ美海ちゃん、時田さんと一緒に行かないの？」

「……まだわからないの。貴斗のためには、そうするべきなのかもしれないけど……」

「なにか引っかかってる？」

「……うん。貴裕さんのおうちのこと聞いてる？」

「確か事業をしてらっしゃるのよね？」

私がエテルネル・リゾートのことを話すと、素子さんは目を丸くしていた。規模は違えども同じ業界ということで、これまでエテルネル・リゾートの記事やテレビの特集なんかを目にしていたらしい。

「そこの社長さんなの……」

「うん、私とは全然違う世界の人」

「気になるのはそこ？」

素直に頷いた私の肩を、素子さんはただ黙って抱いてくれた。

「ゆっくり考えたらいいわ。一生のことだもの、焦ることないわ」

「……そうだね」

この一週間、自分なりに考えてみよう。どうすることが正解なのか。……私はどうしたいのか。

「でもひとつだけ言わせてね」

「なに？」

「一企業の社長をしている時田さんが一週間もの休みを取ってあなたに会いに来るなんて、そうそうできることじゃないと思うの」

確かにそうだろう。昨日この島に着いた時の貴裕さんは、明らかに疲れ切っていた。休みを取るために仕事を詰め込んだに違いない。

「そうまでしてあなたと貴斗に会いに来たことの意味、ちゃんと考えて」

「それって……」

「ズルはダメ。ちゃんと自分で考えるのよ」

「わかったわ、考えてみる」

私が答えると、素子さんはふふふと笑う。「なにかあったらいつでも相談するのよ」と言って、素子さんは厨房の中に消えて行った。


結局、貴裕さんはつきっきりで貴斗の面倒をみてくれた。

午前中目いっぱい遊んで、お腹もいっぱいになってさすがに耐え切れなくなったらしい。

「美海ちょっと来てくれ、貴斗が！」

食堂で一緒に少し早めのお昼ご飯を食べていた貴裕さんが、大きな声で私を呼んだ。

厨房での作業を中断して、慌てて出て行く。貴裕さんの隣で、子供用の椅子に座った貴斗がお昼ご飯を食べながら、船を漕いでいた。口の周りにご飯の粒を付けたまま、スプーンを握って頭をふらふら揺らしている。

「ああ、電池が切れちゃったか」

「どう言う意味？」

「そのまんま。貴斗寝ちゃったの」

「美海が言ってたのはこれか！　びっくりしたよ。急に黙るから具合でも悪いのかと思った」

　さすがに子供のこんな姿を見るのは初めてなんだろう、貴裕さんはホッと胸を撫で下ろしている。

「貴裕さんがいっぱい遊んでくれたからね。疲れたところにお腹もいっぱいになって、急に眠くなったんでしょ。このまましばらくは起きないと思うわ」

　貴斗の顔を綺麗に拭いて、そっとエプロンを外し抱き上げた。

「奥に寝かせてくるわ」

「俺も手伝うよ」

　貴裕さんは私のあとについて来て、休憩室代わりに使っている奥の和室に子供用の布団を敷いてくれた。

「ありがとう。貴裕さんも疲れたでしょ」

「まあね。ずっと走り回ってたからな」

　まだ涼しいうちはひぐらし荘の庭で思う存分遊んで、おやつ休憩をしたあとは、ふたりして浜辺まで散歩に行っていた。

「保育園がお休みの日でもここではみんな仕事をしているから、貴斗も部屋の中で遊んでることが多いの。今日はたくさんお外遊びができて嬉しかったんだと思う」

遊びたいさかりの貴斗に我慢させていることを、心苦しく思うこともある。貴斗も幼いながらにわかっているのか、そういう時はおとなしく好きなおもちゃで遊んでくれている。

「貴斗が満足してくれたならよかったよ」

ぐっすりと眠る貴斗の髪に、貴裕さんが触れる。おでこから後頭部にかけて優しく撫でると、薄っすらと貴斗が微笑んだ気がした。

「よく寝てるね」

「ああ。……可愛いよ、ほんと」

貴裕さんは貴斗の頭に顔を寄せると、そっとキスをした。

「よく目に入れても痛くないって言うけど、本当だな。貴斗にならなにされても許せる気がする」

「すっかり親ばかかね」

「自分でもびっくりだよ」

そう言いながらも、貴裕さんの目が、貴斗を愛しいと言っている。まだ会って二日目なのに、貴裕さんはもう父親の顔をして眠る貴斗を眺めている。

「……貴斗が生まれて、はいはいしたり歩き出したり、初めて言葉をしゃべったり、そういうの俺も見たかったな……」

　私は、貴裕さんから貴斗の側にいてその成長を見守る権利を奪ったのだ。そのことに今さら気がついて愕然とした。

　それに、私がこの島に残るということは、貴裕さんから未来の貴斗を奪うということにもなるんだ。同じことを自分がされたら？　私なら、気が狂ってしまうかもしれない。

「貴裕さん、ごめんなさい」

「どうしたんだよ急に」

「だって……」

　私が思っていることが、貴裕さんに伝わったのかもしれない。

「俺は別に、美海のことを責めてるわけじゃないよ。美海はむしろ被害者じゃないか」

　貴裕さんは優しく微笑むと、今度は私の頭に手を乗せ、そっと触れた。このまま触れていてもいいかと聞くように、少し臆病な顔で私を見る。私は静かに頷いた。

「美海のこと、ひとりにしてしまってごめん。……ずっと心細かっただろう？」

　貴裕さんの優しい言葉に心が震えた。目尻にじんわりと涙が浮かぶ。それを逃すように息を吐くと、私は顔を上げた。

「ずっとみんながいてくれたくせに贅沢だって思うけど……、それでもどうしても寂しくなる時があったの」

貴斗の成長を感じるたび、反対に、不安になることがあった時も、貴裕さんが一緒にいてくれたらと思わない時はなかった。貴裕さんでなければ埋められない穴のようなものが、ぽっかりと心の中に開いているようだった。

でも貴斗をひとりで育てると決めたのは私なのだからと、自分で自分に言い聞かせてきた。

貴裕さんの手が、私の頬に触れる。目尻に浮かんだ涙を拭うと、もう一度優しく頭を撫でてくれた。

「もう美海に、そんな思いはさせたくないんだ」

「でも私、まだ……」

「踏ん切りがつかない？」

うん、と頷くと貴裕さんは悲し気な笑みを見せた。私はまた、彼にひどいことをしている。その笑顔に胸が軋む。

「ゆっくりでいい。俺はずっと待ってるから」

「ありがとう……」

貴裕さんと静かに見つめ合う。貴斗の寝息を聞きながら、胸の中にポッと温かな火が灯る。私が自分のこだわりを捨てて、素直にその胸に飛び込めたら、どんなにいいだろう。

貴裕さんが、私の気持ちが固まるのを待つと言ってくれていることに、感謝せずにはいられなかった。

「こんにちはー、どなたかいらっしゃいませんかー?」

しんみりとした空気を破るように、裏口の方から声がした。

「誰か来たみたい。ちょっと行ってくるね」

「ああ」

呼んでいたのは宅配便業者だった。ひぐらし荘宛ての荷物を受け取ってふたりがいる部屋に戻ると、貴裕さんは貴斗の隣に横になって寝入っていた。

「さすがに貴裕さんも寝ちゃうよね……」

昨日も最終便で島について、朝は普通に起きて、食後休む間もなく貴斗の面倒を見ていたのだ。子供って案外パワフルで、ずっと相手をしていたら大人の方がぐったりしてしまう。

でも貴裕さんは億劫がることもなく、貴斗に根気よくつき合ってくれた。

「最初からこんなに飛ばしてたら、貴裕さんこそ電池が切れちゃう」

貴裕さんも、全力なのだ。会えなかった時間を取り戻すかのように、貴斗と向き合ってくれている。

「ちゃんと貴斗に、この人がパパだよって教えてあげないといけないな」

押し入れから予備のタオルケットを出して、貴裕さんにかけてあげる。こうして並んでると、貴斗と貴裕さんはよく似ている。

茶色がかった髪も、長い睫毛も、スッと通った鼻筋も。間違いなくこのふたりは親子なんだなと思いながら、今までにない幸せな気持ちでしばらくふたりを眺めていた。


夕方、みんなで夕食の準備をしていると、雄ちゃんが帰って来た。

「あれ、雄ちゃん意外に早かったね」

薫さんと会う日は夕食まで一緒に食べて帰って来ることが多いのに。まだ明るいうちに帰って来るなんて珍しい。

「追い出された」

ぶすっとした顔で雄ちゃんが言う。

「ケンカでもしたの？」

「いや、研修の報告書を書くから今日はもう帰れって。だったら仕事してる間、柚子のこと見てやるから泊まるって言ったら、大丈夫だからとっとと帰れって言われた」

「おばあちゃん達が柚子ちゃんのこと見てくれるからじゃないの？」

薫さんは実家の敷地内にある離れに、柚子ちゃんとふたりで住んでいる。柚子ちゃんもしょっちゅう本家に泊まりに行ってるらしい。

「おじさんとおばさんは、明日まで法事で本土に行ってるんだよ」

「おまえが節操なく泊まるなんて言うからだよ。けじめはつけときたいんだろ。薫さん、真面目だから」

「なんだかんだ言って、雄介は薫さんちに泊めてもらったことないもんね」

素子さんがすかさず言うと、雄ちゃんは「うるせえよ」と顔をしかめた。

「もう一年つき合ってんのに、なんで泊めてもくれないの。ほんとあいつわかんねえ」

ガシガシと頭をかく雄ちゃんの背中を、智雄さんがバシッと叩いた。

「痛ってぇ！　なにすんだよ」

「そんなこともわかんねえからおまえはまだガキなんだよ。薫さんに相手にされてるだけありがたいと思え」

「うるせえよ、ガキで悪かったな」

子供みたいにぷうっと膨れる雄ちゃんを、素子さんは呆れた顔で眺めている。

「こっちは忙しいんだ。ぐだぐだ言ってねえでさっさと手伝え」

「ちぇっ、わかったよ」

智雄さんに菜箸を渡され、盛り付けを任される。

「そんな気分じゃないんだけどな……」

文句を言いながらも、煮物を綺麗に盛り付けていくから雄ちゃんはすごい。子供の頃から手伝っているから、厨房の仕事はお手の物だ。

作業をするうちに雄ちゃんの気持ちも収まったかなと思っていたけれど、そうではなかったらしい。食事の配膳に行ったきり帰って来ないのでおかしいなと思っていたら、さっさと仕事を終えて常連のお客さん達と乾杯していた。

「すっげー、今日めっちゃ大漁じゃん」

「だろ？　雄ちゃんもどんどん食べな。って言っても作ってくれたのは智雄さんだけどな」

賑やかな笑い声が食堂に響いている。

「あらー、雄介捕まっちゃったわね」

「みんな飲ませ上手だもんね。雄ちゃん、潰れちゃうかも……」

素子さんも、これじゃもう雄介の手伝いは期待できないわねと言ってすっかり諦めている。私は私で、雄ちゃん、明日は薫さんに会いに行かないのかな、ちゃんと起きれるかな、なんて余計な心配をしてしまう。

お客さんに呼ばれて飲み物を出したり、早くに食事を終えた人のお皿を下げたりしていたら、二階に続く階段から貴斗を抱いた貴裕さんが下りて来た。

「あ、貴裕さん。ずっと見てもらってごめんね。貴斗いい子にしてた？」

ふたりしてお昼寝から起きたあと、貴斗と貴裕さんは藤の間に行って遊んでいた。部屋でテレビを見たり、貴斗のおもちゃで遊んだりしていたらしい。

「たかといいこよ！　ねー？」

貴斗は満開の笑顔で、貴裕さんを見上げている。貴裕さんも「ああ、すっごくいい子だった」と言いながら、貴斗の頭を撫でている。貴斗は、すっかり貴裕さんに懐いたみたいだ。

「でも途中でちょっとママが恋しくなったかな」

ふふと笑いをこぼす貴裕さんに、たかとは「ちがうもん！」とほっぺを膨らませた。ムキになったせいか、ほんのりと赤くなっている。

「え、大丈夫だったの？」

午後はチェックイン業務が忙しくて、ふたりの様子を見に行けなかった。

「ああ、俺なりにちょっと頑張ってみた」

貴斗を足先に乗せてブランコの真似事をしたり、ネットで調べて体を使った遊びをしてみたら、見事に夢中になってくれたらしい。

「わ、それじゃまた疲れちゃったね」

「ああ、またご飯食べながら寝ちゃうかもな」

「違う、貴裕さんのことよ」

「俺はこれくらい平気だよ」

なんて言って笑っている。

「ママ、たかとおなかすいたー」

「じゃあ素子おばちゃんのところ行こうか」

「え、たかといやよー」

貴斗はイヤイヤと首を振りながら、貴裕さんと食べると言ってきかない。貴裕さんは困ったふうながらも、喜びが隠せないみたいだ。離れない貴斗を宥《なだ》めながら、口元が緩んでいる。

ふたりの姿に和んでいると、「時田さーん」と呼ぶ声がする。貴裕さんを呼んだのは、なんと雄ちゃんだった。

「時田さん、ほらこっちこっち！」

手招きしたかと思うと、さっさと自分の隣の席を空け、貴裕さんを無理やり座らせようとする。

「ちょっと雄ちゃん、貴裕さん今から食事なのよ」

「だから一緒に食べりゃいいじゃん！　ね、時田さん」

「えっ、ご一緒していいんですか？」

「もちろん！　な、大歓迎っすよね」

「朝の男前じゃないか。いいよいいよ、一緒に飲もう！」

「美海、時田さんの分の料理こっちに運んで」

「ちょっと、雄ちゃんったら……」

私の言うことなんて耳にも入らない様子で、雄ちゃんは手近にあった空きグラスにビールを注いで貴裕さんに持たせてしまった。

「さあさあ飲みましょー。はい乾杯！」

ああなったらもう、私がなにを言ったってダメだろう。貴裕さんは貴斗のことが気になるようだったけれど、私が「こっちは大丈夫だから」と言うと、腰を据えて飲み始めた。すんなりみんなの輪の中に溶け込んでいる。

「貴斗、あっちでママとご飯食べようか。お兄ちゃんはみんなとご飯食べるんだって」

そう言うと、貴斗はまたイヤイヤと首を振った。

「やーよ、たかともいっしょがいい」

「貴斗の好きなちゅるちゅるあるよ。でも残念、ここじゃ食べられないんだよなぁ。お客さんには内緒のごちそうだから」

貴斗の好物は智雄さんがばっちり把握していて、毎日三食のどこかに入れてくれる。貴斗は口をへの字に曲げて不満を表しつつも、「たかとちゅるちゅるいく……」と私の足に纏わりついた。

「偉いね、貴斗！」

抱き上げて、厨房に連れて行く。厨房の中も一段落していて、調理に使った道具も全て洗い終っていた。

「ちょうどよかった。美海ちゃんと貴斗のご飯できたわよ。今日はもう上がって奥で食べてらっしゃい」

今夜の賄いメニューは冷たいうどんと、新鮮な海の幸や夏野菜をたっぷり使った天ぷらだった。

「わぁー、ちゅるちゅるおいしそうねぇ」

つやつやのうどんを目の前にして、貴裕さんのことはすっかり頭から飛んでしまったらしい。貴斗は目をキラキラさせている。

「智雄さん、素子さんありがとう。お先にいただきます」

「ああ、ゆっくりしてきな」

ふたりにお礼を言って、休憩室に料理を運んだ。貴斗を子供用の椅子に座らせ、食事用のエプロンを着ける。大好きなうどんを前にして、貴斗は足をプラプラ弾ませて喜んでいる。

「さ、貴斗食べようか」

「はぁい、いただきまぁす」

小さい両手を合わせて、ぺこりと頭を下げる。その様子が可愛くて、つい微笑んでしまう。

「ママなんでわらってるのー？」

「んー？　だって貴斗が可愛いんだもん」

私が言うと、貴斗は照れたのか、えへへと首を竦めた。

「おにいちゃんもたかとかわいいって」

「うん、いっぱいかわいいっていったよ！」

貴裕さんったら、すっかり貴斗にデレデレだ……。その光景が目に浮かぶようで、またひとりでに笑いがこぼれた。

貴裕さんのことが気になったので、食事を終えたあと、食堂を覗いてみることにした。素子さんに貴斗をお願いして食堂に顔を出すと、中はすっかり片付いていて、驚いたことに雄ちゃん達の宴会も終わっていた。どうやらみんな、部屋に戻ったらしい。

帰る前に、貴裕さんの顔を見ておこう。そう思って、階段を上がる。

藤の間のドアをノックすると、貴裕さんの返事が聞こえた。

「美海です。入ってもいい？」

「どうぞ」

ひょっとして部屋で飲んでいるのかなと思ったけれど、いたのは貴裕さんひとり。貴裕さんは備え付けのちゃぶ台の上にパソコンを置いて、なにやら作業をしていた。

「ごめんね、お仕事の邪魔しちゃったかな」

「いや、メールのチェックをしてただけだから」

開いていたＰＣをぱたんと閉じる。

「まあ座りなよ」

「ありがとう」

お礼を言って、私も腰を下ろした。

「ふたりともすぐに解放してくれた？」

「ああ、みんなもう部屋に帰ったよ。明日も朝早いからって言って」

ということは、雄ちゃんもお客さん達と船釣りに行くってことだ。薫さんと仲直りしなくていいのかな……って思ったけれど、私が口出しすることでもないし、あまりお節介なのもよくないなと思い直す。

「そうなんだ。みんなすごく飲むから、早めに解放されてよかったね」

まともにつき合っていたら、貴裕さんまで飲まされすぎてしまう。心配が杞憂に終わってよかった。そう思ったのに、貴裕さんはなにか言いたげな顔をしている。

「どうかした？」

「美海は知らないだろうけど、俺だって結構飲めるんだ。簡単に潰されたりしないよ」

「そうなの？」

自分からそう言うってことは、貴裕さんもそこそこ飲めるんだろう。ふたりでお酒を飲んだ機会は一度きり、しかもその時は食事がメインだったから全然知らなかった。

みんなに対抗心でも燃やしたのだろうか。貴裕さんの方からそんなことを言うなんてちょっと意外な気がして。思わず吹き出してしまった。

「なんだよ」

「なんでも」

「いや、美海がなんか勘違いしてるっぽいから」

「私は貴裕さんの体を心配しただけよ。貴裕さんって案外負けず嫌い？」

茶化すように言うと、貴裕さんはコツンと私の頭を小突いた。

「当たり前だろ。そうじゃなきゃ社長なんてやってられない」

ほんの冗談のつもりだけれど……。貴裕さんが身を置いているのは、そういう世界なんだ。きっと私の想像の範疇にないほど、厳しい世界なんだろうなと思う。

「ところで美海は明日は休み？」

「うん、そうだけど」

「そうか。実は雄介さん達に船釣りに誘われたんだ。明日は貴斗の面倒見られないなと思って」

「貴裕さん釣りなんてできるの？」

押しの強い人達だから、断り切れなかったのだとしたら申し訳ないと思ったのだけれど。

「実は初めてなんだ。でも面白そうだと思って」

意外にも乗り気らしい。

「そうね、せっかくここに来たんだから一回ぐらい経験してみるのもいいかも」

どうせなら仕事のことは忘れて、いつもとは違う体験をしてリフレッシュしてほしい。いくら貴斗が可愛くても、ずっと面倒を見るのは大変だもの。

「それに雄介さんが」

「雄ちゃんになにか言われた?」

雄ちゃんは私のことを心配してくれているけれど、あの性格だ。貴裕さんになにか余計なことを言ってないといいけれど……。

「大したことじゃないよ。魚釣り勝負をしようって言われた」

「なにそれ?」

雄ちゃんは生まれも育ちもこの島で、海で遊んで育ってきたようなものだ。釣りも遊びがてら、小さな頃からやっている。そんな雄ちゃんと初心者の貴裕さんが釣り勝負? 勝負なんてやらなくても結果なんて目に見えてるのに。

「それ、雄ちゃんが言い出したの?」

「ああ、俺が美海に相応しいやつかどうか見極めるらしい。俺の方がたくさん釣れたら、美海をやるって」

「そんな、人を物みたいに」

だいたい、なんで雄ちゃんにそんなことを決められないといけないの。

「……それに、貴裕さんに相応しくないのは私の方なのに」

私がぽろっとこぼした言葉を、貴裕さんは聞き逃さなかった。

「美海が引っかかってるのってやっぱりそこなんだな」

「……なにが?」

「ごまかすなよ」

知らんふりしようとしたけれど無駄だった。少し厳しい目をして、貴裕さんが私を見る。

「ひょっとして、安藤から言われたことが気になってる?」

「ううん、それはもういいの」

当時はショックを受けたけれど、今さら腹を立ててもしょうがない。それに、彼女が言い放った言葉は、正解でもある。それは私も受け入れている。

「それならどうして」

「それは……」

うまく答えられずにいると、貴裕さんはなぜかフッと微笑んだ。

「まあいいよ。そんなこと気にならなくなるくらい俺が可愛がるから。俺に大事にされてるって実感して、疑う余地がなくなるくらい、美海のことを愛してやる」

「……ちょっと、やめて貴裕さん」

貴裕さんって、こんなふうにストレートな物言いをする人だった？　恥ずかしくて、まともに顔が見られない。

「本心だよ。今すぐこの胸に飛び込んで来てくれたら、他のことなんて考える余裕がないくらい愛してやるのに」

右手を取られ、手の甲にキスをされる。驚いて手を引こうとすると、力強く抱き寄せられた。

「離して、貴裕さん」

「言ったろ、絶対に離さない。俺はその覚悟でここに来たんだ」

密着した体が熱い。

「美海」

名前を呼ばれて顔を上げると、怖いほど真剣な瞳とぶつかった。私がハッと息を呑むと、貴裕さんが不意に視線を逸らした。

「……俺、二度目だな。自分から待つって言ったくせに」

腕の力を抜き、私を解放する。「悪かった」と言って貴裕さんはそっと私の頭を撫でた。

「ちゃんと美海の気持ちが決まるまで待つから」

貴裕さんは優しい。私のために、自分の気持ちを押し込めるくらいに。素子さんも言っていたし、私は彼に誠実であるためにちゃんと考えないといけないんだと思う。

「ありがとう貴裕さん。……私もちゃんと考えるから、貴裕さんとのこと」

「本当に？」

「うん」

「……ありがとう」

今度は、先ほどとは違う穏やかな気持ちでお互い向き合った。

「明日ごめんな。貴斗のこと」

それまでの切羽詰まったような空気が解け、貴裕さんはもういつもと同じ顔をしている。

「全然。そんなこと気にしないで楽しんできて。それより魚を釣ってきてくれたら貴斗も喜ぶと思う」

「貴斗、もう魚食べられるのか？」

「ええ、お刺身だって食べるし、魚を見るのも好きよ」

環境のせいだと思うけれど、貴斗は海の生き物を怖がらないし、どんな調理法のものを与えても、わりと抵抗なく食べてくれる。

「大漁は無理だろうけど、一匹でも釣れるよう頑張るよ」

「うん、頑張って。そうだ、よかったら今日のお礼にお弁当――」

思わず口に出しそうになって、思い留まった。貴裕さんみたいな人に、手作りのお弁当だなんて、口に合わないよね。それに、お弁当なら智雄さんが作るひぐらし荘特製の釣り弁当がある。私が作ったものとは比べ物にならないくらい美味しいし、リピーターがつくくらいお客さんにも大好評なものだ。

「なに？」

「ううん、船釣りに行く人向けに、智雄さんが特製のお弁当を作ってくれるの。だから楽しみにしててね」

「なんだ、美海が作ってくれるんじゃないの？」

「えっ、……貴裕さんみたいな人でも手作りのお弁当なんて食べるの？」

そう言うと、貴裕さんは顔をしかめた。

「俺のこと、なんだと思ってるの。手作りのお弁当なんて嬉しいに決まってるよ。それも、美海が作ってくれたものならなおさら」

そう言って、貴裕さんは「あ」と声を上げた。

「……そういえば俺はまだ美海の手料理を食べたことなかったな」

「確かにそうだね」

あるといえば、ラパンで市販のお茶を出したり、時間がある時に作ったハーブ入りクッキーを食べてもらったくらいだ。

「でも智雄さんのお弁当の方が、何倍も美味しいと思うわよ。それでもいいの？」

「ああ、俺は美海の作ったのがいい。迷惑じゃなければ」

なんの照れもなくこういうことを口にする貴裕さんに、私の方が照れてしまう。

「迷惑だなんて。……じゃあ、明日の朝持って来るわ」

「朝早いのに悪いな」

「平気。貴裕さんこそ早起きしなきゃいけないから、今日は早く休んでね」

「楽しみにしてるよ。おやすみ」

「おやすみなさい」

互いに口にして、貴裕さんの部屋を出た。素子さん達の部屋で待つ貴斗を迎えに行く。頭の中は、早起きして作るお弁当のことでいっぱいだった。

DAY3　ぎゅうして

翌日の日曜日。私は早起きをして、自宅で貴裕さんのお弁当を作った。

悩みに悩んで作ったのは、お弁当のおかずとしてはベーシックな卵焼きと唐揚げ。彩りをよくするために作ったほうれん草のお浸し。それに、貴斗も大好きなエビのフリッター。

以前ラパンで話をしていた時に、貴裕さんがエビが好物だと言っていたのを思い出したのだ。

あの時話したことを、貴裕さんは覚えているかな……。気づいてくれたら嬉しいなと思いながら、心を込めて作った。一緒に貴斗と私の分も。浜辺の木陰で海を見ながら貴斗とお弁当を食べるのもたまにはいいかなと思ったのだ。

貴斗の分もあったから、ニンジンの飾り切りまで入れて、少し可愛すぎるお弁当になってしまったかも。でも、手作りらしくていいか、とそのまま包んで保冷バッグに入れる。

それにしても、ふたりして好きなものが一緒だなんて。やっぱり親子なんだな、なんて思ってしまう。

船が出るのはまだ夜明け前なので、貴斗がぐっすり眠っていることを確認して、私ひとりでひぐらし荘まで車を飛ばした。

「素子さん、おはよう」

「あら、美海ちゃん来たわね」

素子さんには、貴裕さんのお弁当は私が作るからと昨日のうちに伝えておいた。智雄さんは貴裕さんの分を抜いた数だけ、ひぐらし荘特製釣り弁当を作っているはずだ。

「これ、貴裕さんにこっそり渡してもらえる?」

「どうして? 自分で渡せばいいじゃない」

「それはいいの、恥ずかしいもん」

素子さんに向かって私は慌てて首を振った。雄ちゃんや他のお客さんもいる前で貴裕さんにだけお弁当を渡すなんてなんだか照れくさい。

「時田さん喜ぶわね。きっとたくさん釣って来てくれるわよ」

「うん、貴斗のためにって張り切ると思う」

「あなたの喜ぶ顔だって見たいと思うわよ」

そう思ってくれているだろうか。貴裕さんのことを思ってじわっと胸が熱くなる。

「素子さんお願いね。貴斗が心配だから帰るわ」

「ええ、ちゃんと渡しておくから安心して。今日はゆっくり休んでね」

きっと顔までも赤くなっている。素子さんに気づかれるのが恥ずかしくて、私は早々にひぐらし荘を出た。


貴裕さん達が港に戻って来るのは、お昼過ぎの予定だ。それまで、港近くの浜辺で貴斗とお弁当を食べながら待つことにした。

貴裕さん達が船に乗っているから、帰って来るのを見に行こうと言うと、貴斗は大喜びでついて来た。

「貴斗大丈夫？　暑くない？」

「うん、たかとへいきよ」

貴斗はそう言うけれど、今日は朝から気温が高い。長く外にいるのはまだ小さい貴斗には厳しいような気がする。

「貴斗、でも暑さで頭痛い痛いになったら大変だから、お弁当を食べたら車の中で少し休もうね。そして船が見えたら港まで行ってみようか」

「はーい」

右手を高く上げて、元気よく答えてくれる。お休みの日にお出かけすることも、ふたりで外でお弁当を食べることも久しぶりで、貴斗は朝からテンションが高い。しかも貴裕さんを迎えに行くと聞いて、両手を上げて部屋中をピョンピョン飛び回っていた。

「貴斗、お茶もたくさん飲んでね」

「たかとむぎちゃすきよ」

お気に入りのアニメキャラクターの水筒を両手で抱え、一生懸命麦茶をストローから飲んでいる。子供の仕草って、一つひとつが可愛らしくてついつい見入ってしまう。

「ママ、たかとおなかすいたよ」

「あっ、ごめん。じゃあ食べようか」

「うん。……わあっ！」

水筒とお揃いのキャラクターがプリントされたお弁当箱の蓋を開けると、貴斗が歓声をあげた。

おかずはほぼ貴裕さんのお弁当と同じで、ご飯は小さめのおにぎりにした。海苔やチーズ、ハムなんかを使って、貴斗のお気に入りのキャラクターの顔を描いたつもりだ。

「ママすごいねぇ。たべるのもったいないねぇ」

「貴斗嬉しい？」

「うれしい！」

バンザイをして喜んでくれる。細かい作業は大変だったけれど、頑張って作った甲斐があった。

「ママ、えびもあるよー」

「うん、全部貴斗のだから、ゆっくり食べていいからね」

貴斗はフォークでエビを上手に突き刺して、口に持って行く。ちょっと前まで私が取り分けて食べさせていたのに。私が手を貸そうとすると、「じぶんで！」と言って手伝いを拒否するようになったし、本当に子供の成長ってあっという間だな、と思う。

きっと近いうちに、父親というものの存在にも気がつくだろう。貴裕さんのことをどう説明したらいいか迷っていたけれど、少しずつ話す方が貴斗も理解できるかもしれない。意を決して、私は口を開いた。

「ねえ貴斗、貴斗はパパって知ってる？」

「ぱぱ？」

「そう。聞いたことないかな」

貴斗は「うーん」と頭を抱え、考え込むようなポーズをしている。保育園でお友達や先生から聞いたことはないのかな……。

「わかんない」

「そっかぁ」

説明しようとすると、案外難しい。どういえば二歳の貴斗に理解してもらえるんだろう。

貴斗はエビのフリッターを頬張ると、ほっぺたを膨らませてもぐもぐしている。一生懸命食べる姿が可愛らしくて、私は貴斗の頭を撫でた。

「ママもたべよ？　はい、あーんちて」

考え事ばかりしてなかなかお弁当に手を付けようとしない私を気遣ってくれたんだろう。貴斗は自分のフォークに唐揚げを突きさすと、私の口の前に持って来てくれた。

「ありがとう」

ぱくっと一口で口に入れて、貴斗みたいに口をもぐもぐさせる。

「ママももぐもぐしてるね」

「うん」

「ママとたかとおそろいね。おいちいねぇ」

「すっごく美味しいね。貴斗と一緒に食べるともっともっと美味しいよ」

私が言うと、貴斗は照れたような、嬉しくてたまらないようななんともいえない笑顔を見せてくれた。

貴斗と過ごす一分一秒が愛おしい。貴斗の表情、仕草、全てを余すところなく映像に残しておきたいほど、貴斗と過ごす一瞬一瞬が大切だと思える。それを私が独り占めするのは、やっぱり間違いなんじゃないんだろうか。

貴裕さんは、貴斗のことを心から大切に思ってくれている。たぶん、その存在を知った時から。実際に貴斗を目にする前から。

私は貴裕さんに相応しくないから、そんな理由で貴裕さんから貴斗を引き離すのはやはり間違っているのかもしれない。

自分に自信がないなら、自信を持てるように努力すればいいのだ。私がしようとしていることは、ただの逃げなんじゃないかな。

貴裕さんと再会して、まだ三日。でも自分でも戸惑うほどのスピードで、私の気持ちは変化している。

貴裕さんが帰って来たら、貴斗にも話してみよう。あの人が貴斗のパパなんだよって。今は理解できなくても、きっといつかわかってくれるはず。

「ごちそうさまでちたぁ」

気がつくと貴斗はお弁当を全部平らげていた。顔にはご飯粒やケチャップがいっぱいついている。綺麗に拭き取ってあげて、私は貴斗の頭を撫でた。

「すごいね貴斗。全部自分で食べれたね」

「おいしかったよ、ママ」

「ふふ、貴斗が喜んでくれてママも嬉しいな。ありがとう貴斗」

貴斗は毎日できることが増えていく。これからは、貴裕さんにもそれを一緒に見守っていてほしい。

お弁当を食べ終え、車の中で涼んでいると、沖の方から港を目指す一隻の遊漁船が見えた。

ひぐらし荘では、地元の業者に頼んで釣り船を出してもらっている。今日は確か十人乗りのシャフト船を予約していると言っていたから、たぶん今入港してきた船で間違いない。

「貴斗、お船のところに行ってみようね」

「わぁい、おふね！　はやくいこう、ママ」

港の駐車場に車を停め、船着き場へと急ぐ。港内に入ってスピードを緩めた船の上から、私達に向かって大きく手を振る人がいる。

「あ、おにいちゃん！　こっち、ここよ～」

貴斗が気づいて、精一杯背伸びをして手を振り返していた。

「ママ、いこう」

「あっ、待って貴斗！」

先に駆け出して行こうとした貴斗を必死で止める。

「海に落ちちゃうから、走っちゃダメ」

「はぁい、ママ」

小さな手をギュッと握る。ふたりで手を繋いで歩いていくと、貴裕さん達を乗せた船が、ちょうど着岸したところだった。

「美海、貴斗！」

船のデッキから、貴裕さんが手を振っている。貴斗も背伸びをして、貴裕さんに手を振り返している。はずみで海に落ちそうで怖かったので、私は貴斗を抱き上げた。

すると。

「おいで貴斗」

船の上から、貴裕さんが両手を伸ばした。

「はい」

貴斗も迷いもなく手を伸ばす。貴裕さんに抱かれると、貴斗はにっこりと微笑んだ。

「迎えに来てくれたのか、ありがとう」

貴裕さんが貴斗のおでこにおでこをくっつけて、ぐりぐりと押し付ける。貴斗も喜んではしゃいだ声を上げている。昨日一日、一緒にいたおかげだろう。貴斗もすっかり貴裕さんに懐いている。

「たかと、ママとおべんとたべたよ。くるまでブーンてきたの」

「そうか、美味しかった？」

「おいしかったよ！」

「俺もママの作ったお弁当食べたんだ」

「おいしかった？」

「ああ、とっても美味しかったよ」

よかった。お弁当、喜んでもらえたみたい。ホッとしていると、貴斗を抱いた貴裕さんが船から下りて来た。

「おかえりなさい」

「ただいま。美海の弁当のおかげでたくさん釣れたよ」

そう言って貴裕さんは親指を立てた。自信ありげな表情。初めての釣りで、そんなに言うほど釣れるものなのかな？

「覚えててくれたんだな、俺の好物」

やっぱり、貴裕さんは気づいてくれていた。

「うん、どうせ作るなら貴裕さんの好きな物の方がいいかなって思って」

お弁当を詰めながら、喜ぶ貴裕さんの顔を思い浮かべていた。

「びっくりした。けど嬉しかったよ」

「ありがとうな」と言って、目を細める。その笑顔を見て、私は貴裕さんを喜ばせたかったんだなと気がついた。

そんなことを考えるなんて、やっぱり私は……。

「わっ、貴斗なにしてるんだ？」

貴斗がしきりに貴裕さんの顔を触っている。半日海に出ていたおかげで、日に焼けてしまったのだ。貴裕さんの鼻先に少しだけ皮がむけているところがあって、貴斗はそこが気になるようだ。何度も指でひっかけるような動作をしている。

「そういえば、貴裕さんすっごく焼けたね。日焼け止め塗らなかったの？」

「突然だったし、そこまで気が回らなかったんだよ。そんなに焼けたか？」

「そうね、来た時とは別人みたい」

日に焼けたせいか、顔つきは精悍さを増したようだ。違う貴裕さんを見ているみたい。近づくとドキドキしてしまう。

「おっ、貴斗来てたのか」

雄ちゃん達もようやく船から下りて来た。大きなクーラーボックスをふたりがかりで抱えている。クーラーボックスを地面に下ろすと、その周りに貴裕さんや他のお客さんも集まってきた。みんな晴れ晴れとした顔をしているから、きっと今日はよく釣れたのだろう。

「ひょっとしてそれいっぱいに魚が入ってるの？」

「そうだよ美海ちゃん、すごいだろ。じゃじゃーん！」

誇らし気な顔でそう言うと、常連のお客さんが効果音付きでクーラーボックスを開けて中を見せてくれた。

「うわっ、本当にすごい！」

なんと中には、たくさんの地魚が入っていた。

「アジでしょ、これはメバル？」

「正解。こっちは赤シタビラメ、これがスズキ。よくムニエルにするやつだな」

船長さんが、魚の名前や、どう調理するのがオススメなのかを教えてくれる。

「すごいすごい！　おちゃかないっぱいね～」

貴斗も、大漁の魚にすっかり気を引かれている。足をバタバタさせて下りたがるので、貴裕さんは貴斗を解放した。

「貴斗、俺もたくさん釣ってきたんだけどな」

「ママ、おにいちゃんのもみたい！」

「いいわよ」

貴裕さんが近くに置いてあった小さめのクーラーボックスを開けて見せると、貴斗は興味津々といった様子で覗き込んでいる。

「貴斗魚が好きなんだろ？　これ全部貴斗のために釣ってきたんだよ」

貴斗は目をキラキラさせて「ほんと？」と聞いている。まだ生きている魚も入っていたらしく、貴斗は指先でつついたりして甲高い声を上げて笑っている。

今日の釣果は、この大小ふたつのクーラーボックス分ということらしい。

「大漁じゃない。とてもじゃないけど一日じゃ食べきれないね」

「美海、車で来てるんだろ？　俺ら先に帰るから、時田さん乗せてきてあげてよ」

船釣りに参加したついでに、今日は雄ちゃんがお客さんの送迎を担当している。みんな朝が早くて疲れているだろうし、早く帰って夕食まで宿で休んでもらおうと思ったのだろう。

「うん、いいよ」

「時田さん、今夜はごちそうですよ。楽しみにしててください。貴斗も食べに来いよ」

「はーい……」

「なんだあれ、聞いてねえな」

貴斗は雄ちゃんには生返事で、貴裕さんが釣った魚に夢中になっている。雄ちゃんやお客さん達を見送っていると、下を向いたまま、貴斗がポツリとこぼした。

「いいなー、たかともおさかなしたいなー」

貴裕さんのクーラーボックスのへリをぎゅうっと掴んで中を覗いたまま、貴斗が寂しそうな声で言う。大漁だと騒ぐ大人達が、羨ましかったのかもしれない。

「貴斗も釣りがしたいのか？」

貴裕さんの問いに、貴斗が顔をぱあっと輝かせた。

「うん！　たかともつりしたい。おふねにのるよ」

「うーん、貴斗に船釣りはまだ無理だよ。もうちょっと大きくなったらね」

船で一度ポイントまで出たら、そう簡単には戻れない。なにもない海の上で飽きたと言って泣かれたりしたら困ってしまう。それに、船酔いも怖い。

貴斗にはまだわからないので簡潔に言うと、貴斗はイヤイヤと首を振った。

「たかともうおおきいよ！　ひよこぐみさんじゃないもん！」

確かに、貴斗はもう赤ちゃん組ではないけれど……。

目に涙を溜めて叫ぶと、貴斗はぐずぐずと泣きだした。

「ちょっと貴斗、泣かないの。貴斗がもう少しお兄ちゃんになったら連れて行ってあげるから」

「いやよ、たかともおさかないきたいの！」

ぐずっていたかと思うと、ぎゃーっと泣きわめく。そろそろいつもなら保育園でお昼寝をしている時間だから、眠たくて機嫌が悪くなったのかもしれない。

「貴斗、おさかなたくさん見たし、もう帰ろうか。暑かったし、疲れたでしょ？」

「いやよ、たかともおさかないくの！」

貴斗はクーラーボックスの前にしゃがみ込んだまま、首をイヤイヤと振っている。

完璧にご機嫌を損ねてしまったらしい。どうしたものかと思っていると、貴裕さんが貴斗の隣に腰を下ろした。

「貴斗」

優しい声で名前を呼ぶと、貴裕さんは貴斗を抱き上げた。貴斗は嫌だと全身を捻《ひね》って訴えている。さらに大きくなる泣き声に、これはさすがに私じゃないと……と思ったのだけれど。

「そんなに泣くな。俺まで悲しくなる」

トントンと心地よいリズムで、貴裕さんが貴斗の背中を叩く。しばらくの間、根気強く続けていると、貴斗もいくらか落ち着いてきたらしく、泣き疲れた体をくたっと貴裕さんに預けた。

「泣き止んだね。貴斗はおりこうさんだな」

「……たかと、おりこうよ」

まだぐすっぐすっとしゃくりあげながら、貴斗が言う。貴裕さんは貴斗の体と少し距離を開けると、貴斗の目を見て話し始めた。

「だったらわかるよな？　船はもうちょっとお兄ちゃんにならないと乗れないみたいなんだ」

「もうちょっとって……どれくらい？　……すみれぐみさんになったら？」

「そうね、年長さんになったら連れて行ってもらえると思うよ」

貴裕さんにも伝わるよう、そう言って貴斗の頭を撫でる。まだ不服そうな顔はしているけれど、貴斗も話を聞いてくれている。

「だから代わりに、明日俺と近くに釣りに行こう。貴斗がおりこうさんにしてたら、連れて行ってあげるよ」

「ほんと?」

「ああ、本当だよ」

貴裕さんの言葉に、貴斗は涙をすっかり引っ込めた。まだ涙の痕が渇いてない頬を上気させて、目をキラキラさせている。

「貴裕さん、いいの?」

小声で聞くと、うんと首を振る。

「……俺にはあまり時間がないからな。少しでも貴斗との思い出を作りたいんだ」


その夜はまた、ひぐらし荘で宴会になった。

智雄さんが腕によりをかけた海鮮料理がたくさんテーブルに並ぶ。当の智雄さんは、食事の用意が終わると「用事がある」なんて言って奥の部屋に引っ込んでしまった。

「ごめんね、美海ちゃん。融通の利かない人で」

「ううん、気にしてないよ」

智雄さんの貴裕さんに対する態度は相変わらずのようだ。でも智雄さんがああなのは、私と貴斗を思ってのこと。それはちゃんとわかっているつもりだ。

それに、もし父が生きていたら……。

「……お父さんが生きてたら、智雄さんみたいに反対してたかな」

記憶の中の父は、私が高校生だった頃のまま。年中海に出ているから真っ黒で、思春期の頃はそれを恥ずかしく思うこともあった。海の男らしく無口で一見不愛想だけれど、本当は心優しい、家族思いの人だった。男手ひとつで、私のことを大切に育ててくれた。

「どうかしら。美海ちゃんと離れるのは寂しいだろうけど、それよりもあなたが幸せならいいって言って、案外気持ちよく送り出してくれたんじゃないかしらね。きっと湊もそうだったと思うわ」

「そうだね……」

両親に貴斗を会わせてあげたかった。それだけは、どれだけ願っても、もう叶うことがないのだ。

それに、今夜はひとつサプライズがあった。なんと薫さんと柚子ちゃんが宴会のメンバーに加わっていたのだ。

「貴斗と時田さんが釣ってきた魚で盛り上がってたって言ってたし、きっと羨ましくなっちゃったのね。宿に帰って早々あの子ったら薫さんに電話してたのよ」

こっそり教えてくれたのは、素子さんだ。『俺が釣った魚を柚子と食べに来てよ』なんて言って、雄ちゃんが薫さんを誘っているところをたまたま見てしまったらしい。

「薫さん、こんばんは」

「ああ美海ちゃん久しぶり」

一番端っこの席にいた薫さんの元へ、私はおしゃべりをしに行った。貴斗は大好きな柚子ちゃんが来て大喜びで纏わりついているし、男性陣は今日の釣りの話で盛り上がっている。

私も薫さんも車だからソフトドリンクの入ったグラスで乾杯をした。

「よかった、薫さん雄ちゃんと仲直りしたんですね」

「やだ、あの子ったら美海ちゃんにまで話してたの?」

薫さんはびっくりして、大きな目をさらに大きくしている。「ここじゃなんでも筒抜けですよ」と私が言うと、薫さんは「それもそうね」と言って苦笑いをしていた。

「美海ちゃん、あの人が貴斗の?」

「……そう、父親です」

「よく似てるね、貴斗に」

「はい……」

貴斗はなにか口に入れたくなったのか、貴裕さんの膝に座って料理の入った皿を指差している。こうして見ているると、ふたりは仲のいい親子そのものだ。

「彼についていくの？」

「それが、まだ決心できなくて……」

私が言うと、薫さんはウーロン茶のグラスを置いてうんうんと頷いた。

「相手のことを好きで、ずっと一緒にいたいって思ってて、たぶん子供のためにもそうするべきなんだってわかっていても、簡単に決められないよね」

「薫さんでも？」

「……そうね」

そう言って、薫さんは寂し気な笑みを浮かべた。

薫さんはもう何度も雄ちゃんからプロポーズされている。薫さんはそう感情を表に出す方ではないけれど、雄ちゃんを見つめる眼差しや雄ちゃんにかける言葉一つひとつに確かな愛情を感じる。それでも頷けないなにかが、薫さんにもあるのだ。

「私は一度失敗してるから……。雄介のことが大事だからこそ、いつか失うことになったらと思うと耐えられない。私が臆病なだけなの」

「……わかります」

臆病なのは私も同じだ。本当に貴裕さんの側にいるのが私でいいのか、いまだに自信が持てない。だから私も彼の言葉に素直に頷けずにいる。

「彼はいつまででも待ってるって言ってくれたんです。ありがたいけれど、いつまでも待たせるわけにはいかないから、彼が島にいる間にちゃんと結論は出そうと思ってます」

「……そっか。ごめんね、私には美海ちゃんの背中を押すようなことなにも言えない」

「いいんです。私の気持ちをわかってくれる人がいるだけで心強いから」

「私も」

本音を話して、薫さんも少し気持ちが晴れたみたいだった。

「それで、あんた達の勝負って結局どうなったの？」

みんなお酒が結構入って、食事も一段落した頃、素子さんの発言をきっかけに話題は貴裕さんと雄ちゃんの釣り勝負の話になった。貴裕さんが勝ったら云々なんてことは、雄ちゃんが勝手に言い出したことだもの、もちろん私は本気にしていない。でも、単純に勝負の結果は気になった。

「……完敗だよ、俺の」

「へえっ？」

意外な結果に驚いて雄ちゃんを見ると、苦虫を噛み潰したような顔をしていた。

「今日はたまたまだよ。調子が悪かっただけ。……時田さんは本気だったけどな」

悔しさを滲ませた顔で、雄ちゃんが言う。

「そりゃあ、美海のことがかかってますから」

「貴裕さんったら、またそんなこと言って……」

涼しい顔で答える貴裕さんに思わず赤面してしまう。結果は貴裕さん十三匹、雄ちゃん四匹で貴裕さんの圧勝だったという。

「くっそ。都会育ちのお坊ちゃんだからどうせ船酔いして終わりだろうって思ってたのに」

「雄ちゃんが甘く見るから罰が当たったのよ。だいたい雄ちゃんおかしいよ。私のこと勝手にやるとか言って、賭けの賞品みたいにして」

そのことは、どうしても納得いかない。だいたいこれは、私と貴裕さんの問題なのに。

「そう言えば美海も気持ちが固まるかと思ったんだよ」

「なっ……」

「余計なお世話なのは重々承知だよ。でも俺は美海にはちゃんと幸せになってもらいたいんだよ」

「そうねぇ、雄介はやることなすことちょっと極端すぎるけど、これでも雄介なりに美海ちゃんの幸せを願ってるのよね」

「うるせえな。どうせ俺は極端だよ」

素子さんがうんうん頷くのを見て、雄ちゃんがまた面白くなさそうな顔をする。

「だから、私に免じて許してあげて」と素子さんが私に向かってウィンクをする。

「ご心配には及びませんよ」

それまで黙って話を聞いていた貴裕さんが、急に口を挟んだ。隣に座っていた貴斗を膝に載せ、話の輪の中に入る。

「美海も貴斗もちゃんと幸せにします。美海の気持ちが固まるまで、俺は何度でもここに足を運びますし、貴斗にも不自由はさせません」

きっぱりと言い放った貴裕さんを見て、一瞬その場がシンとなった。貴裕さんの深く固い決意を聞いて、胸が熱くなる。雄ちゃんなんてあんぐりと口を開けて、顔を赤らめている。

「……時田さん、あんたかっこいいな」

「さあどうでしょう。諦めが悪いだけかもしれませんよ」

貴裕さんに抱かれたままキョトンとしている貴斗の頬を撫でると、貴裕さんはにっこりと微笑んだ。

「でも、三年半もの間つらい思いをさせた分、これからの時間はふたりのために生きたいんです」

撫でられて、貴斗は気持ちがよさそうに目を細めている。ふたりは、誰がどう見ても本物の親子だ。この数日ですっかり距離が縮まったように感じる。

「貴斗、おまえのパパいいやつだな」

ふたりの様子を、微笑ましく眺めていたら、雄ちゃんが突然爆弾を落とした。

「ちょっ、雄ちゃんっ……」

まだ貴斗には貴裕さんがパパだって言ってないのに！

「ぱぱ？」

貴斗はそう言うと首を傾げた。貴裕さんが動揺した顔で私を見た。でももう私は迷わなかった。貴裕さんにうんと頷いてみせる。

貴裕さんは膝に抱いていた貴斗の目を見ると、ふうっと息を整えた。

「そうだよ、貴斗。俺が貴斗のパパなんだ。……貴斗は俺とママの子供なんだよ」

「たかとのパパなの？」

「ああ、なかなか言えなくてごめんな」

貴裕さんが貴斗の頭を撫でる。たぶんまだ貴斗はちゃんとは理解できてない。それでもなにか感じるものがあったんだろう。

「……パパ、ぎゅうして」

貴斗は柔らかな笑顔で、貴裕さんに向かって両手を広げた。

「……貴斗！」

貴裕さんは一瞬顔を歪めると、小さい貴斗の体をギュッと抱きしめた。

「今までごめんな。寂しい思いをさせて、本当にごめん」

そう言って、声を詰まらせる。はしゃぐ貴斗とは対照的に、貴裕さんの肩は小さく震えていた。

貴斗が、貴裕さんのことをパパと呼んだ。貴裕さんの元から姿を消した時は、私達にこんな日がやってくるなんて思わなかった。胸がジーンと熱くなる。

……気がついたら、貴斗と貴裕さんの姿が涙で霞んで見えなくなっていた。

DAY4　一瞬で永遠のキス

翌日の月曜日。今日はもう貴斗も保育園はお休みにして、朝の涼しいうちにひぐらし荘から徒歩で行けるスポットで親子三人で釣りをすることになった。仕事は素子さんが遅番にしてくれた。

「ママ、パパ、はやくおいでー」

数歩先を駆けていた貴斗が、後ろを振り向いた。私と貴裕さんに向かって両手でおいでおいでをする。

「貴斗待って、そんなにはしゃぐと転んじゃうよ。――あっ、ほら言わんこっちゃない」

言った側から、小石に躓いて転んでしまった。

「……うっ、わぁーん！」

慌てて駆け寄り、地面に座り込んだまま派手な鳴き声を上げる貴斗を抱き上げようとした。

「ちがう、ママじゃなくてパパ」

「えっ?」

しゃくりあげながら、私ではなく貴裕さんに向かって手を伸ばす。

「……パパ、かぁ」

困ったなぁなんて言いながら、持っていた荷物をそそくさと私に預ける。まんざらでもなさそうな顔で貴裕さんは貴斗を抱き上げた。

「貴斗、けがしてないか?」

日焼け対策で通気性のいい長袖、長ズボンを着せていたのが幸いしたのか、どこも怪我はしていないようだ。貴裕さんの横から、ウェットティッシュで顔についた砂を拭き取ってあげた。

「パパ、たかともういたくないよ」

「おっ、貴斗は強いなぁ。それじゃ、もう下りる?」

少し意地悪な口調で言うと、貴斗は貴裕さんの首にギュッとしがみついた。

「……いやよ」

ぷるぷると首を振る。

「わかった。このまま抱っこして行こうな」

貴裕さんは上機嫌で浜に続く階段を下りて行った。

「ちょっと前まで、ママ、ママだったくせに……」

貴裕さんがなにか言うたび、貴斗がはしゃいだ声を上げる。……貴裕さんに嫉妬めいた感情を抱く日が来るなんて、思ってもみなかった。

貴斗の『パパ』呼びの効果は絶大だった。貴裕さんは貴斗の溺愛ぶりに拍車がかかる一方だし、貴斗も貴裕さんにべったりだ。

もっと時間がかかるかもと覚悟していた。幼い貴斗に貴裕さんとの関係を理解してもらえるのは、もう少し大きくなってからだろうと。

でも私の小さな考えなんて思いっきり飛び越して、貴斗も貴裕さんも急速に距離を縮めていく。

本当なら、生まれた時から、いや、貴斗が私のお腹にいる時から、貴裕さんと貴斗は親子としての時間を積み重ねていくことができていたはずだ。

……私が、弱かったから。安藤さんの言葉を真に受けて逃げ出さなければ、ちゃんと貴裕さんを信じて向き合っていれば、こうはならなかった。

これは、私が一生背負っていかなければならない事実だ。

「どこで釣る?」

浜辺へ下り、適当な岩場を探す。辺りを見回しながら、貴裕さんが聞いてきた。

「あ、あそこらへんはどうかな」

広くて平らな岩が海に突き出している場所がある。岩もそう高くもないから、私と貴裕さんが側についていれば、危険なこともないだろう。

三人で岩の突端まで行って、腰を下ろした。

きっと貴斗は、そう時間の経たないうちに飽きてしまうだろうというのが、私と貴裕さんの予想だった。

本格的な道具は使わず、地元の商店でも売っている子供用の簡易釣りセットを用意してきた。万が一のことがあったら怖いので、子供用のライフジャケットも着せる。

これだけで貴斗には十分本格的に感じたらしい。

「たかとおさかなたくさんつるね」

貴裕さんの膝の上に座って、貴斗はやる気満々で釣り糸を垂らした。

「貴斗、海の中見えるか？　魚がいるぞ」

「どこ？」

私もふたりと一緒になって、海の中を覗いてみた。銀色の魚が、日の光にきらめいてゆらゆらと揺れているのが見えた。たぶんここからは見えていないだけで、この磯場にも数えきれないほどの海の生き物がいるのだろう。

「おさかな、つれるかな?」

「貴斗、釣りは我慢だって、雄介さんが言ってたぞ」

「がまん?」

「そう、魚がかかるまでじーっとしとくんだ」

「わかった!」

ゆったりと構えている貴裕さんに対して、貴斗は時折海の中を覗き込んでうーんと唸ったりしている。

魚は案外賢く、貴斗の竿には、そう簡単にはかからない。

「おさかなつれないねぇ」

思ったとおり、貴斗は十分もしないうちに飽きてしまい、釣竿を放り投げた。

「貴斗飽きるの早いよ……」

「子供の集中力なんてこんなものだろ」

貴斗の相手をして、色々発見もあったようだ。ほんの数日前まで子供とまともに接したことすらないと言っていた貴裕さんが、そんなことを言う。

「水遊びでもさせるか」

「そうだね」

道具を岩場の隅にまとめて置いて、砂浜へと移動する。三人ともサンダルのままで海の中に足をつけた。

「きもちいいね〜」

まだ午前中の早い時間だからか、肌に触れる海水は少し冷たい。足に纏わりついたかと思うとするっと引いていく波が面白いのか、貴斗が笑い声を上げている。貴裕さんは貴斗が波に持って行かれないようずっと手を握っていた。

この光景を、切り取りたいと思った。

「貴裕さん、写真を撮ってもいい？」

「もちろん。俺にも送っといてよ」

なんでいちいちそんなことを聞くんだろうとでも言いたげな顔だ。

背中のリュックを下ろしてスマホを取り出し、ふたりに向ける。敢えて声をかけず、ふたりの自然な姿を数枚カメラに収めた。フォルダをタップして、撮ったばかりの写真をチェックする。写っていたのは、はしゃぐ貴斗と、それを愛しそうに見つめている貴裕さんの姿だった。

「なにを笑ってるんだ？」

貴斗を腕に抱き、貴裕さんが私の隣へ体を寄せる。

「うん？　貴裕さんがいい顔してるなあって思って」

スマホを傾け、画面を貴裕さんと貴斗に見せてみた。

「……なんか恥ずかしいな」

自分でもこんな表情で貴斗を見ているとは思わなかったのだろう。貴裕さんは照れ笑いを浮かべた。

「たかととパパだね」

「うん、そうだよ」

「ママはどこ？」

今三人でいるのに、写真の中に私がいないことが不思議だったのだろう。貴斗が首を傾げる。

「貴斗はママの写真も欲しい？」

「たかとママとパパと三人でパシャしたい」

「パパもだよ。美海、俺が撮るからスマホ貸して」

「……はい」

貴裕さんは貴斗を砂の上に下ろすと、私からスマホを受け取った。

「ほら、美海も貴斗もこっち」

三人でしゃがんで体を寄せ合い、貴裕さんがスマホを持ち上げて、画面をこちらに向ける。数回シャッターを押したあと、貴裕さんがフォルダに入った写真を見せてくれた。

「ママのおかおはんぶんこよ」

写真の画面を見ると、私の顔の三分の一ほどが見切れている。

「ほんとだ。美海もうちょっとこっちに寄って」

貴裕さんは私の肩を抱くと、ギュッと抱き寄せた。間に貴斗を挟み、在り得ないほど体が密着する。貴裕さんの体温を全身で感じて、鼓動が跳ねた。

「撮るぞ」

「ママ、ぴーすよ」

貴斗に言われ、顔のすぐ横でピースを作る。シャッター音が数回鳴って、「ＯＫ」と貴裕さんが言った。

「あ、かにさんいた！」

砂の中から出て来た蟹に気づいて、貴斗が駆け出していく。一メートルほど先にしゃがみ込むと、熱心に観察し出した。今は引き潮だからそう危なくないだろう。貴斗の好きにさせておく。

「美海、写真見てみようか」

「うん！」

写っていたのは、私と貴裕さんに挟まれて、弾けんばかりの笑顔を見せている貴斗と、照れくさそうな、ぎこちない笑顔を浮かべた私。そして幸せそうに微笑む貴裕さんの姿だった。

「……嬉しい」

思わず口をついて出た言葉に、自分で驚いた。本当にこんな日が来るなんて思っていなかったのだ。貴斗と貴裕さんと私、親子三人で一枚の写真に納まる日が来るなんて。

「……俺も、夢みたいだよ」

離れていたはずの手が、もう一度私の肩を抱く。ハッとして顔を上げると、その手に力がこもったのがわかった。

ふたりの視線が絡んで、引き寄せ合う。気づいた時には、キスをしていた。唇が触れていたのは、ほんの一瞬。でもその一瞬を、永遠のようにも感じた。

「……いきなり、ごめん」

「ううん！　わ、私こそ……」

すぐに我に返り、パッと体を離す。貴斗は……、砂にもぐろうとしている蟹に夢中だったみたい。よかった、見られていなかった。

でも、私と貴裕さんの微妙な変化を子供なりに感じ取ったのかもしれない。

「ママ、おかおまっかよ?」

こちらを向いた途端、そんな鋭いことを言う。

慌てふためく私と、吹き出す貴裕さんを見ると、貴斗は不思議そうに首を傾げていた。

「貴斗もうお昼過ぎたよ。おうちに帰ろう?」

「いや! たかとまだいる」

初めての三人でのお出かけがよっぽど楽しかったのか、貴斗はなかなか帰ろうとしなかった。今も波打ち際にいて、波を追いかけては逃げたり、落ちている海藻をつついてみたり、おもちゃのスコップで砂を掘り返してみたり。遊びの手を止めない。

「貴斗お腹空いてないのか?」

「へいき」

「おうちに帰ってちゅるちゅる食べようよ。貴斗今日はパスタ食べるって言ってたでしょ？」

「たかとちゅるちゅるいらない！」

なにを言っても、聞く耳を持たない。このままでは、仕事の時間に遅れてしまう。

「美海このあと仕事だろ。何時から？」

「二時からなの。三時にはチェックインが始まるから」

遅番の時は、主にチェックイン業務と夕食の準備や片付けを担当する。フロントが滞らないよう、パートは最低ふたり以上待機するようにしているし、実際にチェックイン時間よりも早めに来られるお客さんもいるから遅れるわけにいかない。

「もう本当に時間がないな。貴斗帰ろう、ママお仕事なんだよ」

貴斗を抱き上げようと、貴裕さんが手を伸ばした。

「や！」

貴裕さんの手を振り払ったはずみで、貴斗が転んで尻餅をついた。

「あっ、貴斗！」

そこへ運悪く少し大きな波が寄せてきて、貴斗はまともに波を被ってしまった。

「う……わぁぁん！」

驚いた貴斗が、泣き声をあげる。全身びしょ濡れだし、尻餅をついたせいで手のひらや下半身は砂まみれだ。

「貴斗、大丈夫だからね」

背中のリュックからタオルを出し、貴斗を覆う。

「俺が連れてくよ」

「ありがとう」

貴斗を連れ、貴裕さんと駐車場へと急ぐ。もう時間がないし、こうなったら仕方がない。

「貴裕さん、ごめんなさい。このままうちについて来てもらってもいい？」

「……俺はいいけど、いいのか？」

貴斗のことはともかく、私とははっきりとしない関係のまま、プライベートな場所に入ることを躊躇しているのだろう。

「ええ、貴裕さんがいてくれた方が助かるの」

「それなら」

「ありがとう」

ぐずる貴斗をチャイルドシートに乗せ、貴裕さんも連れて私は自宅へと車を走らせた。

「ごめんなさい、散らかってて」

「いや、そんなことないだろ。俺の家の方が散らかってるよ」

貴裕さんはそう言ってくれたけれど、朝食の食器はシンクに浸けたままだし、貴斗のおもちゃも床に散らばっている。

「適当に座ってて。貴斗すぐお風呂入れるからね」

さすがに疲れたのか、貴斗はくったりとしている。急いでお風呂に入れないと眠ってしまうかもしれない。

部屋の片付けをする間もなく、私はまずお風呂にお湯を張る準備をした。

貴斗とふたりで暮らしてるのは、島の中心部から少し外れた場所にある小さな一軒家だ。

この島に帰った時、一番悩んだのは住まいのことだった。

元々の実家は、私が東京に出た時に売りに出したので、もう人手に渡っている。

狭い島だからアパートなんてないし、唯一の手段である町営住宅は空きがない。素子さん達は一緒に住めばいいと言ってくれたけれど、さすがにそこまで世話になるのは気が引けた。そんな時、雄ちゃんが教えてくれたのが、この家だった。

以前は、高齢のおばあさんがひとりで住んでいたらしい。年齢と共にひとり暮らしが困難になり、おばあさんは関西に住む息子さんの元へ行くことになった。空き家のままにしておくのももったいないということで、役場に息子さんから相談があったそうだ。役場から私の事情についても話がいっているようで、家主さんのご厚意で、家賃も想定より少し安くしてくれた。

貴斗が生まれるまでに契約も全て済ませ、小さな子供と住んでも問題がないように片付けた。

古いけれど、居心地のいい家だった。小高い土地にあるからか、縁側から海が見えるし、窓を開け放てば、気持ちのよい風が入る。貴斗ものびのびと過ごしている。

「古くて驚いたでしょ」

「いや、美海ひとりでよく管理してると思うよ。不便なことはないの？」

「貴斗が生まれるまでに少し手を入れたの」

水回りや細かな段差など、気になったところは業者さんにお願いした。

話しているうちにお風呂が沸いたので、貴斗は貴裕さんに入れてもらうことにした。

「貴裕さんひとりで大丈夫？」

もう家を出なければならない時間だった。

「なんとかなるさ。本当に困った時は電話する」

「そうして。冷蔵庫に作り置きのおかずがあるから好きに食べて。貴斗にもなにか食べさせてあげてくれる？」

貴斗には、今日のお昼はパスタにしようと話していたけれど、もう料理をする時間もない。貴斗に謝っていてほしいと頼むと、貴裕さんは「了解」と言って頷いた。

「美海は食べないの？」

海からバタバタと帰ったおかげで、私もなにも口に入れていない。

「私は大丈夫。なんとかなるわ」

小さい子供とふたりで住んでいたら、自分のことなんて後回しだ。こういうことは、慣れっこだった。

「それじゃ、行ってきます」

「ああ、気をつけて」

貴裕さんに見送られて、私は仕事に向かった。

その日は団体のお客さんが入っていたせいで、家へ戻ったのはいつもより少し遅い時間だった。貴斗のことが気になったけれど、私のスマホにもひぐらし荘にも、貴裕さんからの連絡はなかった。

「ただいま」

家に入ると、茶の間の電気はついておらず、ふたりの声もしない。足音を忍ばせて中に入ると、茶の間から続く和室に布団が敷いてあり、貴斗と貴裕さんが並んで横になっていた。

キッチンや茶の間は家を出た時よりも散らかっていて、貴裕さんの奮闘ぶりが窺えた。力尽きて、どちらも寝てしまったというところだろうか。

貴裕さんにとって、この数日は、嵐のようだっただろう。

いくら覚悟を決めて来たとはいえ、いきなり存在を知らされた子供の面倒を、貴裕さんは自ら進んで、しかもつきっきりで見てくれた。貴斗がどんなにぐずっても拗《す》ねても、貴斗に声を荒げることはなかった。本当にいい父親になろうと頑張ってくれているのだと思う。

貴斗と同じ、洗いざらしのさらりとした髪をそっと撫でる。

「……ありがとう、貴裕さん」

髪に触れていた手を、ギュッと掴まれた。

「やだ、寝たふり?」

「今起きたんだよ」

貴裕さんは、隣に寝ている貴斗を起こさないようゆっくりと体を起こす。その間も、私の手を離してはくれなかった。

「お礼なら、起きてる時に目を見て言ってよ」

寝起きだから？　少し甘えたようなセリフに、胸がキュッとなる。

「ありがとう」

「よく言えました」

貴裕さんは、ははっと笑って、貴斗にするみたいに私の頭を撫でた。

「貴斗ぐずらなかった？」

「眠かったみたいでちょっと。でもまあなんとかなったよ」

大したことないように言うけれど、実際は大変だっただろう。私が気にしないようにそう言ってくれているのだと思った。

「お腹空いてない？」

「貴斗と一緒に食べたんだけど……」

「物足りなかったんでしょう？」

「実は」

と申し訳なさそうな顔をする。冷蔵庫に入れていたのは、貴斗でも簡単に食べられるスティックサラダと鶏胸肉のピカタにおにぎりだ。しかも貴斗に合わせて薄味にしている。貴裕さんくらい体の大きい人には物足りないどころか、食べた気もしないかも。


「素子さんがおかずを持たせてくれたの。一緒に食べない？」

「えっ、そうなんだ……。せっかくだし、いただこうかな」

ひぐらし荘のおかずと聞いて明らかに心を掴まれた様子なので、思わず笑ってしまった。

茶の間のテーブルに温めたおかずを置く。野菜が欲しかったので、サラダだけはあるものでささっと作った。

「さ、食べよう」

「いただきます」

素子さんが持たせてくれたのは、メバルの煮付けやアジの南蛮漬けだった。魚ばかりだからと気を遣ってくれたのか、素子さん特製の豚の角煮も入っていてとても豪華だ。

「どれもうまいな」

「ごめん、ビールでも買ってくればよかった」

「いいよ、帰れなくなったら困るし……」

突然、貴裕さんが口を噤《つぐ》んだ。ふたりの間にぎこちない空気が流れる。思い出したのは、昼間浜辺で交わしたキスのことだった。

あれほど悩んでいたはずなのに、貴裕さんの視線に抗えずにキスをしてしまった。貴斗と三人でいるのが当たり前で、海にいた時はそれが永遠に続くような感覚に捕らわれていた。

彼と貴斗と、三人での未来を夢見てもいいのだろうか。私に、その資格はある？

黙ったままの貴裕さんと視線がかち合う。あの夜を思わせる、熱を孕《はら》んだ瞳に見つめられ、怖いような、なんだか落ち着かないような気持ちになる。

「美海……」

貴裕さんが、口を開いた時だった。

「……ん、うぅ……」

貴斗が寝ている和室から、うめき声のようなものが聞こえた。貴裕さんとふたり、弾かれたように立ち上がる。和室へ向かうと、貴斗は顔を真っ赤にして苦しそうにしていた。額には汗が浮かんでいる。

「……なんだ、どうしたんだ貴斗⁉」

「待って、貴裕さん」

茶の間に戻り、体温計を取って貴斗の元へ戻る。計ってみると、貴斗の体温は三十九度を越えていた。

「熱が出てる。いつからだろう、気がつかなかったわ」

帰った時は、すやすやと気持ちよさそうに寝ていたから、急に熱が上がったんだろう。

「美海、病院に連れて行こう」

立ち上がろうとする貴裕さんを制して首を振る。

「朝にならないと無理よ。夜間診療をやっているところは、この島にはないの」

貴裕さんが愕然とした顔で私を見た。

「それじゃ、いったいどうすれば……」

まるで自分のことのようにつらそうな顔をして貴斗を見ている。貴斗の手を握ってみると、熱くてうっすら汗ばんでいた。

「たぶん熱はこれ以上は上がらないと思う。ちょっとつらそうだから、熱冷ましを入れてみる。あと体も冷やしてあげなきゃ」

「俺はどうしたらいい？」

「用意してくるから、貴裕さんは貴斗のこと見ててくれる？　あと汗を拭いてあげて」

「わかった」

不安そうな貴裕さんに貴斗を任せ、私は用意のために台所へ行った。

冷却シートを貼ったり、保冷剤で腋を冷やしたり。少しでも貴斗が楽になるようにと、解熱剤も入れてあげる。汗でびっしょりだったので、貴裕さんに手伝ってもらって着替えもさせた。

真夜中、なかなか熱が下がらない貴斗を見て、貴裕さんは「俺が代わってやりたいよ」とポツリと呟いていた。

貴裕さんも一緒に夜通し看病してくれたおかげで、貴斗の熱は明け方には落ち着いてきた。明け方になって熱が下がって安心したのか、貴裕さんはそのまま貴斗の隣で眠ってしまっていた。

貴裕さんの手は、貴斗の小さな手に触れている。目の下には、うっすらとクマが浮かんでいるように見えた。

思えば貴裕さんはこの島に来て、ずいぶんハードな日々を過ごしている。今日くらいはゆっくり休んでもらった方がいいだろう。また東京に帰れば、エテルネル・リゾートの社長としての忙しい日々が待っている。

ふと、和室の壁に貼ってあるカレンダーに目を留めた。

日付が変わって、貴裕さんがこの島に来て今日で五日目だ。ここにいるのは一週間と言っていたから、一緒にいられるのはあと三日。彼と離れなければいけないことを、寂しいと思っている自分がいる。

貴裕さんが来てくれてよかった。貴斗と三人で一緒の時間を過ごせて、夢のように楽しかった。この状況がずっと続いていけばいいと思えるようになったのは、間違いなく貴裕さんのおかげだ。彼が真剣に貴斗に向き合ってくれたからそう思えたし、昨夜だって一緒にいてくれて心強かった。

貴裕さんは、貴斗と三人で一緒に暮らそうと言ってくれている。貴斗のためにも、それが一番いいことだと思う。でも貴裕さんと一緒にいるためには、この島を再び出て行かなくてはいけないのだ。私は、島を二度も捨てることになる。素子さんや智雄さん、雄ちゃんにこれまでよくしてくれた島の人達。みんなを裏切ることになるような気がして、胸が痛んだ。

和室と縁側を隔てる障子の隙間から、朝日が差し込んでいる。夜が明けたのだ。

呼吸も安定しているし、貴斗はもう大丈夫だろう。でも熱がぶり返したらいけないから、今日は午前中のうちに診療所で見てもらおう。ひぐらし荘の仕事も、遅番に変えてもらわなきゃ。頭の中で、忙しく考えるけれど、寝ていないせいかうまくまとまらない。今のうちに仮眠を取ることにする。

こんな形になったけれど、昨夜は家族三人で過ごす初めての夜だったんだな。なかなかに強烈で、きっと忘れないだろう。

いつか遠い未来、この一日のことを三人で笑って話せる日が来ればいいな。そんなことを考えながら、私はいつの間にか眠りに落ちていた。

DAY5　揺るがない気持ち

スマホのアラームの音で目が覚めた。

貴斗が起きてしまわないよう、慌ててアラームをオフにする。私の体にはタオルケットがかけられていた。

「……貴裕さん？」

隣で寝ていたはずの貴裕さんがいない。和室を出ると、台所からなにやら物音がする。ガラスがはめ込まれた引き戸を開けると、貴裕さんがガス台の前に立っていた。

「美海。起きたのか」

「うん、貴裕さんなにしてるの？」

「ごめん、勝手に使わせてもらってる」

ガス台に近づくと、貴裕さんはフライパンを握っていて、綺麗に焼けた目玉焼きがふたつと、不格好に黄身が潰れてしまったものがひとつ、じゅうじゅうと音を立てていた。

「貴裕さん料理できたの？」

「できるといいたいところだけど、これが精一杯だった。あ、米は炊いた」

お皿にはところどころ焦げたウインナーも入っている。冷蔵庫にあるあり合わせのもので、朝食を作ってくれたようだ。

「ごめんなさい。貴裕さんもあまり寝てないのに」

「いや、いいんだ。もっと色々作れたらよかったんだけど……」

「ううん、十分よ。でも、貴斗はまだ本調子じゃないだろうし、もうちょっと消化のいいものの方がいいかも」

「あっ、そうか。そこまで考えてなかったな……。貴斗が食べられるものあるかな」

「ご飯も炊いてくれたんでしょ？　貴斗の分はおかゆにするわ。おかずも一応取っておきましょう。元気が出て来たら食べたがるかも」

私が言うと、貴裕さんはホッとしたようだった。

貴裕さんが作ってくれた朝食に、インスタントのお味噌汁をプラスして一緒に食べることにした。

「美味しそう、いただきます」

「どうかな。俺もいただきます」

貴裕さんと向かい合って両手を合わせる。私が食べるからいいと言ったのに、貴裕さんは自分で潰れた目玉焼きを食べると言って譲らなかった。

「お腹に入れちゃえば一緒なのに」

「好きな子にはちょっとでも上手にできた方を食べさせたいものだろ？」

なんでもない顔をして、そんなことをサラッと言う。恥ずかしくて固まっていると、貴裕さんがちらりと私の顔を見た。

「食べないのか？」

「た、食べるよ」

やっぱり、貴裕さんの態度は至って普通。わかっていて、やっているのか。それともこういうことが平然と言えてしまう人なのか。深く知り合う前に別れてしまったので、判断がつかない。

もし私に意識させるためにわざとやっているのだとしたら……、効果は絶大だ。

「なあ、こういうことってよくあるの？」

あらかた食べ終えて、食後のコーヒーを淹れたところで、貴裕さんが話しかけてきた。

「こういうことって？」

まだ湯気の出ているコーヒーを啜《すす》って、ホッと息を吐く。今日も暑さが厳しそうだけれど、朝一で飲むのは熱々のコーヒーがいい。そこは、貴裕さんも同意見だった。

「貴斗だよ。突然夜中に熱を出したり」

「そうね。でも子供が小さいうちってそういうものじゃない？　保育園で集団生活をしてるから病気をもらうこともあるし、まだ体も大人みたいに丈夫じゃないもの」

貴斗も一歳になる前くらいから、熱を出したり風邪をもらったりを繰り返してきた。

「でも、具合を悪くするたび不安だっただろう？」

「……そうね。最初はおろおろするばっかりだったし、具合が悪そうな貴斗を見てかわいそうで泣いちゃったりしてた。でもね」

素子さんを始め、周囲の人達が手を貸してくれたこと、保育園のママ友達とも悩みを共有したり経験を積んだりして知恵もついたこと。貴斗が生まれてからこれまでの話をすると、貴裕さんは「……そうか」と感慨深そうに呟いた。

「昨夜《ゆうべ》の美海、すごく冷静だったし、テキパキとしていたから驚いたんだ。それに比べて、俺はなにをしたらいいのかもわからなくて情けなかった」

そう言って、苦い笑みを浮かべている。

「でも、昨夜は貴裕さんがいてくれて心強かった。貴斗のことずっと見ていてくれたし、貴裕さんが貴斗のことをすごく心配しているのが伝わってきて……嬉しかったの」

「うん、貴斗には素敵なパパがいてくれてよかったって、そう思った。……それに私も心強かった、本当よ」

「……本当に？」

心からの言葉だと伝わったのだと思う。

「こんな俺でも少しでも役に立てたなら嬉しいよ」

きっぱりと言い切る私を見て、貴裕さんは安心したように頷いた。

「美海なりに頑張って、強くなったんだな。親になるってこういうことなんだなって思ったよ」

「……そうね、こうやって試行錯誤しながら親になっていくんだと思うわ」

最初から、完璧な人なんていない。子供との時間をたくさん重ねて、様々な経験を積んで、私達は親というものになっていくんだろう。

「美海、俺の気持ちを言ってもいいか？」

貴裕さんが真剣な眼差しで、私を見つめる。ふたりの間に軽い緊張が走った。

「……なに？」

「これからのこと」

短く言うと、貴裕さんはふーっと息を吐き出した。

「美海をひとりにしてしまったこと、やっぱり後悔してもしきれない。心細かったと思うし、本当に申し訳なかったと思ってる」

「貴裕さん、そのことはもういいの」

安藤さんの妨害があったとしても、貴斗をひとりで育てると決めたのは私だ。貴裕さんにそのことを負い目のように感じてほしくない。

「離れ離れだった三年間を後悔しているからこそ、未来はずっと美海と貴斗と一緒にいたいんだ。喜びも不安も全部、美海と一緒に分け合いたい」

「貴裕さん……」

「俺が美海を支えたいし、美海にも俺を頼ってほしい。……三年半も放っておいて、今さらこんなことを言うのは自分勝手か？」

そんなことはない、私だって同じ気持ちだ。私だって貴裕さんから貴斗との時間を奪っていたことを悔いたし、一緒にいることに深い安堵を覚えた。

貴裕さんの心は、過去の過ちを悔いた上で、未来を向いている。私も、そうであるべきなんだ。

不安はある。でもそれも全部打ち明けよう。ようやく覚悟ができた。

「貴裕さん、私も……」

「ママ？」

「貴斗！」

布団から抜け出て来た貴斗が、目を擦りながら茶の間と和室の間に立っていた。

「貴斗、具合は？　大丈夫なのか？」

「あ、パパがおうちにいる」

貴裕さんの心配をよそに、貴斗はにっこりと微笑んだ。機嫌もいいし、おでこを触ってみた感じ、熱がぶり返している様子もない。貴裕さんもホッと胸を撫で下ろしている。

「ママとパパ、あさごはん？」

私と貴裕さんの間にぺたんと座り、貴斗がテーブルの中を覗き込んだ。

「貴斗お腹空いてる？」

「うん、たかとおなかすいたー」

「なにが食べたい？　おかゆ作ろうか？」

「ふりかけある？」

貴斗はふりかけが大好きで、あまり食が進まない時でもふりかけをかけてあげると、ご飯だけは食べてくれる。でもまさか、おかゆにもかけたいなんて言い出すとは思わなかった。

　貴斗が熱を測っている間に、貴裕さんが炊いておいてくれたごはんでおかゆを作り、貴斗が最近気に入ってるキャラクターのふりかけをひとつ渡した。

「あれ、たかとのおかずは？」

「えっ、おかずも食べれるの？」

「たかともたまごたべたいなー」

　ラップをかけて隅によけておいた目玉焼きとウインナーを、もの欲しそうな目で見ている。目玉焼きは食べやすいように一口サイズに切って、サッとお醤油を垂らしておかゆが入った子供用お茶碗の横に置いた。

「いただきます」

「召し上がれ。目玉焼きとウインナーはパパが作ってくれたのよ」

「ほんとう？」

　貴裕さんの方を見て、貴斗は目を丸くしている。

「すごいね、パパおりょうりじょうずね」

　二歳児から褒められても、嬉しいことに変わりはないらしい。貴裕さんは照れくさそうに微笑むと、パクパクとご飯を口に運ぶ貴斗を可愛くてたまらないという顔で眺めていた。

『パパの作ったごはん』の効果は絶大で、貴斗はそう時間をかけることなく朝食を食べ終えてくれた。おかげで午前中のうちに島の診療所で診察を済ませることができた。

「時間がかかるから、ひぐらし荘で休んでてよかったのに」

ひとりで連れて行くから平気だと言ったのに、貴裕さんは診療所にもついてきてくれた。

「もう大丈夫だってわかってても、心配なんだよ」

診療所の待合室で、膝の上に貴斗を座らせてそんなことを言っている。昨夜の貴斗の苦しんでいた姿が、軽くトラウマになっているのだそうだ。この先貴斗が体調を崩すことなんて数えきれないくらいあるだろうし、こればっかりは慣れてもらうしかない。

貴斗はというと、いつもはあまり行きたがらない診療所も、パパが一緒だと楽しいようで、昨日の熱が嘘のように、元気におしゃべりをしていた。

診察の結果、貴斗は軽い風邪だった。受付で会計を済ませ、薬を受け取って外へ出る。貴斗はずっと貴裕さんに纏わりついていて、今は手を繋いで歩いている。

「貴斗ちゃんとお薬飲めるのか？」

「のめるよ！」

「本当か？」

　揶揄いまじりの貴裕さんに、貴斗は「たかとおりこうさんだもん！」とぷうっと頬を膨らませている。

「じゃあお昼ご飯食べたら、パパとお薬飲もうな」

　このあとも、貴裕さんは貴斗と一緒にいるつもりなんだろうか。

「貴裕さん、昨日の今日でさすがに疲れてるでしょ？　一度ひぐらし荘に帰ってゆっくりしたら？」

　私が言っても、貴裕さんは首を振る。

「それは美海だって一緒だろ。しかも午後から仕事だし。俺は貴斗を見てるから」

「でも……」

　病み上がりの貴斗には悪いけれど、私が仕事をしている間は、ひぐらし荘の休憩室で休ませて、様子を見るつもりでいた。病後児保育なども充実していないこの島では、手が空いている人が子供を見るしか方法がない。今までもそうしてきた。

「美海、俺はいつまでお客さんなの？」

車の前で貴斗を抱き上げ、私をじっと見据える。大事なことを話す時、いつも貴裕さんはこういう顔をするのだと、この島で再会してから気がついた。

「美海は俺のこと、とっくに貴斗の父親として認めてくれてるって思ってたけど、俺の勘違いだった？」

「違う。決してそんなことは……」

「それなら、もう遠慮はなしだよ。貴斗、ママはこのあとお仕事だから、パパと一緒にいよう。いいよな？」

「いいよ！　たかとパパとあそぶ」

貴裕さんに抱き上げられると、貴斗は彼の首にギュッと抱きついた。このあともパパといられると聞いて、本当に嬉しそうだ。

「熱が下がったばかりだから、暴れるのはなしだぞ。ひぐらし荘のパパの部屋でお薬飲んで、静かにしていような」

「はーい」

どこまで理解できているのか怪しいところだけれど、貴斗は片手を上げて元気に返事をした。

「智雄さん、素子さん、急にシフトを変えてもらってごめんね。ありがとうございました」

ひぐらし荘に出勤してまず、休憩室にいたふたりにお礼を言いに行った。

「こういうことはお互い様だもの、いいのよ。貴斗は元気になった？」

「ええ、もうすっかり。軽い風邪だったみたい」

「そう、よかったわね」

素子さん達も貴斗のことを気にかけてくれていたようだ。一晩で熱が下がったことを言うと、ひどくならなくてよかったと安心していた。

「時田さんも一晩ついていてくれたのよね？」

貴斗が熱を出した時に、貴裕さんはひぐらし荘に連絡を入れて食事のキャンセルを伝えていた。

「うん。一晩中起きて、側にいてくれたの。熱が高くて苦しそうな貴斗を見て、俺が代わってやりたいって言ってた」

慣れないながらも、懸命に看病してくれたこと、一緒にいてくれて心強かったことを話すと、素子さんも目を細めて聞いていた。

「時田さん、いいパパじゃない。ね、智雄さん」

智雄さんは、素子さんの隣で新聞を読みながらお茶を飲んでいた。私と素子さんの話を聞いていないかと思いきや、ちゃんと聞いていたらしい。

「そんなの、父親なら当たり前だ」

視線は新聞に落としたまま、ぼそりと言う。次の瞬間、素子さんが突然智雄さんの背中をばちーんと叩いた。

「もっ、素子さん⁉」

「いい加減にしてください、その態度。せっかく美海ちゃんと時田さんが真剣に向き合ってるっていうのに。周りの人間が応援してやらなくてどうするの！」

普段からおっとりして大らかな素子さんが、こんなふうに大きな声を出しているのを初めて見た。智雄さんも、驚いたのか目をぱちくりさせている。

「拗ねた態度を取るのは、もうやめてちょうだい！」

立ち上がって腰に手を当て、素子さんが言う。しばらく素子さんのことを黙って見上げていた智雄さんは、視線を下に向けると「悪かったよ」と一言こぼした。

「ごめんね、美海ちゃん。うちの人、美海ちゃんと貴斗がいなくなるのが寂しいのよ。全く、いつまでたっても子供みたいなんだから」

「いなくなるなんて、そんな」

まだ決まったわけじゃないから、と言うと、今度は素子さんが目を丸くした。

「時田さんと、ちゃんと話したんじゃなかったの？」

素子さんは、昨夜のうちに私と貴裕さんの間ですっかり話はついたものと思っていたらしい。夜の間は貴斗の様子が心配で、話をするどころじゃなかったこと、朝は朝で、貴斗が起きてきて、途中でうやむやになったことを話すと、素子さんは驚いた顔をした。

「まだ話してないって、時田さんが帰るの明後日の便よね？」

「うん、午前中の便だって聞いてる」

一週間もあれば、仕事があるとはいえ、いくらでも話はできる。私もそう思っていたし、貴裕さんもきっと同じ考えだったのだろう。でも実際は、毎日色んなことがあったし、貴斗が一緒だったということもあり、ゆっくり腰を据えて話をする時間をなかなか取れなかった。

「貴裕さんはなにかあるごとにきちんと気持ちを伝えてくれたの。この一週間、私なりに考えもした」

「それで、結論は出たの？」

「……うん」

貴裕さんの気持ちは、もう疑いようもない。

どうしても私と貴斗を取り戻したくて、必死の思いでこの一週間の休みをもぎ取ったのだと思うし、一緒に過ごす間、どんなに貴斗と、そして私のことが大切なのか言葉で態度で示してくれた。

乗り越えないといけないことは、きっとたくさんある。でも貴裕さんなら私がこれまでひとりで抱えてきた不安や心配もきっと受け止めてくれる。そしてわたしも、彼のことを支えていきたいと思っている。

「そう」

私の気持ちを話すと、素子さんは満足そうに微笑んだ。

「それなら、美海ちゃんに明日はお休みをあげるわ。これからのこと、ちゃんとふたりで話してらっしゃい。ね、智雄さん」

「おっ、……おう」

有無を言わせない顔で素子さんが言うと、圧倒されたのか智雄さんは反射的に頷いていた。

DAY6　これからの話をしよう

　翌日は、澄み渡るような青天だった。海から吹く風もどこか爽やかで、微かに秋の気配を感じる。からっとした風を頬で受けて、もう夏も終わるんだなと感じた。

　すっかり元気になった貴斗を保育園に送り届けたあと、私はひぐらし荘を訪れた。

「それで、今日はどうするの？」

「せっかく休みをあげたのに」と素子さんには言われたけれど、じっとしているのも落ち着かなくて、私は朝食の後片付けを手伝った。素子さんと並んで食器を洗っていると、今日の予定を尋ねられた。

「せっかく島に来たのに、貴裕さん釣りくらいしかやってないでしょう？　鈴島《すずじま》に連れて行こうかと思って」

「ああ、いいかもしれないわね」

　鈴島は、私が住む島の南側に浮かぶ小島だ。春先から秋にかけて、潮が引いた時に砂州《さす》が現れて島から歩いて渡ることができる。この辺り唯一の観光スポットといっていい。

明日東京に戻ってしまえば、貴裕さんはまた慌ただしい日常が始まる。最後の日くらい、ゆっくりと海を眺めながら過ごすのもいいんじゃないかと思ったのだ。

「ふたりでゆっくりしてきなさい」

素子さんはそう言って快く送り出してくれた。

駐車場に私の軽自動車を停め、私と貴裕さんは陸から海の中を蛇行する砂州を渡り始めた。

「こんなところがあるんだな」

「うん、これと言ってなにかがあるわけじゃないんだけど、とにかく景色が綺麗なの」

鈴島の周辺はぐるっと遊歩道が整備されていて、島内には展望台や東屋《あずまや》もある。その辺りでお弁当を食べようと用意してきた。

「意外に遠いな」

「ふふ、疲れちゃった?」

砂州を渡り切るのに、大人の足でも二十分ほどかかる。

「都会の人には厳しかったかな……、わっ!」

たまには私の方から揶揄ってやろうと思ったけれど、私の方が砂に足を取られ、バランスを崩してしまった。砂まみれになることを覚悟していたのに、地面にぶつかる衝撃が訪れない。

「都会人だろうが田舎者だろうが、厳しいことには変わりないらしいな」

間一髪のところで、貴裕さんが私の手を掴んでくれていた。おかげで、砂の上に転ばずに済んだのだ。その貴裕さんは、意地悪な笑みを浮かべ、私を見ている。

「俺を揶揄おうだなんて十年早い」

「十年もたたないうちに、貴裕さんを揶揄う余裕のある人間になりますよ！」

貴裕さんの顔から笑みが消え、驚いた顔で私を凝視している。

「貴裕さん？」

繋いだままの手のひらが熱い。

「ありがとう、もう大丈夫だから」

恥ずかしくなって手を引いたけれど、貴裕さんは離してくれない。繋いだ手にキュッと力を込めて、熱い瞳で私を見た。

「……それは、俺と十年先も一緒にいてくれるってこと？」

どうしよう、なにも考えずに口走っていたけれど、あんな言い方したら、そう受け取られても仕方がない。

「えっと……」

どう言えばいいのかわからなくてまごついていると、貴裕さんはふいに微笑んで、ポンッと私の頭に触れた。

「いいんだ、急かして悪かった。あとでゆっくり話そう。今日は時間ならたくさんあるんだし」

「……うん」

「行こう」

再び歩き始めたけれど、貴裕さんは手を繋いだまま。

「貴裕さん、手を放して。このままじゃ恥ずかしい……」

「どうして、誰も見ていないだろ」

私のことなんておかまいなしに、そのまま砂の上を歩いていく。辺りに響くのは寄せては返す波の音だけ。まるで世界にふたりきりのようで、私はずっとドキドキしていた。

鈴島は手つかずの自然が残っている島だけれど、観光客が歩きやすいよう、遊歩道が整備されている。島に入ってすぐのところに、展望台に続く階段がある。まずはこれを上ってみようということになった。

「美海、気をつけて」

遊歩道の階段は、段差はそれほどでもないけれど、一段の幅が広く歩きにくい。数歩先を歩いていた貴裕さんが、私に向かって手を差し出してくれた。

「ありがとう」

少しためらったけれど、今度は素直に彼の手を取った。そんな私を、貴裕さんは満足そうに眺めている。

貴裕さんに手を引かれ階段を上り切ると、小高い丘の頂上に、灯台を模した白い建物がある。これがこの島の展望台だ。建物の下の方にトンネル型にくり抜かれた入り口があり、中に入ると鉄製の階段がある。それを上ると、屋上は展望フロアになっていて、そこから島の全方位を見渡せた。

平日だからか、私達の他に観光客らしき人はいない。

「貸し切りだね」

「ああ、好きなだけこの景色を見ていられるな」

島をぐるりと取り囲む海と、無数の島々。すぐ目の前に広がる濃いグリーンが、私と貴斗が暮らす諏訪島だ。

「あれ、ひぐらし荘じゃないか?」

「そうかも」

海を見下ろす高台にある、二階建ての白い建物。そこから続く一本の道は貴裕さんと雄ちゃん達が船釣りに出かけた港に繋がっている。

「貴斗と三人で遊んだのはあそこ」

「ああ、岩場が見えるな」

「貴斗すっごく楽しそうだったね」

「俺も楽しかったよ。この数日、初めて経験することばかりで大変だったけど」

そう言って、肩を竦めて笑う。ある日突然、自分の子供が目の前に現れたのだ。戸惑うことばかりだっただろう。でも貴裕さんは、精一杯貴斗に寄り添ってくれた。

そして、私にも。

海を渡って会いに来て、これからはずっと一緒にいるよって、根気強く何度も何度も伝えてくれた。

「……俺、美海と貴斗に会いにきて本当によかった」

展望台の柵に両手をついて、貴裕さんが隣に立つ私を見た。真剣な中にも優しさを湛《たた》えた瞳。彼が全身で愛しさを伝えようとしてくれているのがわかる。

「私も、貴裕さんにもう一度会えてよかった」

一度は諦めて手放した幸せが、私の手の中に再び舞い降りようとしている。これまで経験したことのないような幸福感に私は包まれていた。

だいぶ日が高くなったので、少し休んでお弁当を食べようということになった。ちょうど諏訪島側の反対の方に、休憩用の東屋がある。そこを目指して、貴裕さんと島の外側を走る遊歩道を歩いた。

空のそう高くないところから、鳥のさえずりが聞こえる。見上げたら、さっきまで快晴だった空に、薄く雲がかかり始めていた。午後は雲が広がってくるのかもしれない。

「貴裕さん、あそこよ」

「ああ、案外立派なんだな」

遊歩道の終着点に東屋がある。中に入ると森からの涼しい風が吹いて、歩いて汗ばんだ肌を冷やしてくれた。

「貴裕さん、お弁当食べよう」

保冷バッグの中からランチボックスを出す。

「すごい、うまそう」

船釣りの時に渡したお弁当がオーソドックスなものだったから、今回はサンドイッチメインのお弁当にした。厚焼きの卵を挟んだもの、ハムときゅうり、貴裕さんの好物であるエビとアボカドを和えて挟んだもの、あとは私が好きなキウイと生クリームのフルーツサンド。他に数点簡単につまめるおかずも隙間に詰め込んでいる。

男の人にはボリュームが足りないかなと少し不安だったけれど、貴裕さんは満足してくれたようだった。

ランチボックスを片付け、食後のお茶を淹れる。今日はレモングラスのハーブティーを冷たくして持ってきた。

「今更だけど、美海って料理うまいんだな」

「ずっと父子家庭だったから、自然と家のことは私がするようになったの。料理は見よう見まねよ」

それに、料理上手の素子さんが近くにいたことが大きい。母のいない私をなにかと気にかけて、手料理を持ってよく家に訪ねて来てくれていたし、私もひぐらし荘に遊びに行って、素子さんの手伝いをして覚えた。

「ラパンでいつかお茶を出してもらっただろう。あの時食べたハーブクッキーも確か美海の手作りだったよね。すごく美味しかったから、よく覚えてる」

「そんな前のこと、よく覚えてるのね」

私が感心して言うと、貴裕さんは少し照れくさそうな顔をした。

「美海と初めて会った日のことは、よく覚えてるよ。母の誕生日なのに仕事が忙しくてなにも用意してなくて、なんとか仕事を終えてたまたま見かけた『アトリエ・ラパン』に慌てて駆け込んだんだ」

「私も、覚えてるわ」

どんなに忘れたいと願っても、忘れることが叶わなかった貴裕さんとの出会い。

まだ九月だというのに、昼間から降り続いた雨のせいで寒くて、お客さんがほとんど来なかった日。早めに店を閉めようとしていたところに駆け込んできたのが、貴裕さんだった。

「俺が疲れてるって見抜いて、花束ができるのを待つ間、お茶とお菓子を出してくれただろう。ハーブティーも手作りのクッキーも美味しかったし、美海の気遣いが本当に嬉しかったんだ」

あの日様々な偶然が重なって、今がある。ずいぶん遠いところに来たような気もするし、こうなることが必然だったような気もする。

「……あの夜から、俺の心は美海に捕らわれたままだ」

貴裕さんの真摯な瞳が私を捉えた。夢のような言葉をもらって、心臓が音を立てた。

「美海がいなくなった時、ちょうど俺は会社の方がゴタゴタしていてすぐに行動を起こせなかった。どんなに手を尽くしても見つからなくて、俺は内心ボロボロだった。でもそんな姿誰にも見せられなくて。周囲に気づくやつもいなかった。……今まで出会った中で美海だけだったんだ、俺が弱っていることに気づいて、情けないところを見せても変わらず側にいてくれたのは」

貴裕さんが私の左手を握り、引き寄せる。ポケットから取り出したのは、紺色の小箱だった。蓋を開けて私の前に差し出す。中にはきらめく石ののったエンゲージリングが入っていた。

「ようやく言える、美海、俺と結婚してください」

「……はい」

私が頷くと、貴裕さんは一瞬顔をくしゃりと歪めたあと、笑顔を見せた。小箱からリングを取り出し、私の左手の薬指にそっと嵌める。リングは私の薬指にぴったりだった。

「約束する。君と貴斗を必ず幸せになる」

「私も貴裕さんのことを必ず幸せにします」

まるで結婚式の誓いの言葉を交わしているようで胸が熱くなる。見つめ合って、お互い笑みを浮かべる。ふいに真剣になった彼の瞳に吸い寄せられて、私はそっと目を閉じた。

潮が満ちてしまう前に戻らなければ、道が無くなってしまう。少し焦って早足で朝来た砂州を渡る。今度は、最初から手を繋いでいた。貴裕さんの手のひらはとても力強くて、君を一生離さない、そう言われているかのようだった。

DAY7　また会いに来るよ

鈴島を出たあと、これからのことについて貴裕さんと話し合った。

私達が一番心配したのは、やはり貴斗のことだった。

この一週間で貴斗はすっかり貴裕さんに懐いていて、おぼろげながら『パパ』というものがどういうものか、わかってきているような気がする。

三人での生活を始めることに不安はない。でも気がかりは、諏訪島を出て全く環境の違う東京で暮らすことだった。

「すぐに島を出て東京に住むのは難しい気がするの。素子さん達とも別れることになるし」

生まれた時から一緒にいる素子さん、智雄さん夫婦や雄ちゃんと突然離れ離れになるのは、きっと貴斗にとって大きなストレスになる。

「そうだな。俺も貴斗に寂しい思いはさせたくない」

大変かもしれないけれど、しばらくはお互いに東京と諏訪島を行ったり来たりして、徐々に慣らしていこうということになった。

その日の夜、私と貴裕さんは改めて智雄さんと素子さんに、正式に結婚すること、ゆくゆくは貴斗を連れて三人で東京へ住むつもりだということを報告した。

素子さんは私達の決断を祝福してくれたし、最初は渋い顔をしていた智雄さんも、最終的には『応援する』と言ってくれた。

そして意外なことに、一番感激していたのは雄ちゃんだった。

「美海、よかったなぁ」

何度もそう言って、まるで花嫁の父のように涙を流している。どこから聞きつけたのか、雄ちゃんがこの場にいることも不思議だったのだけれど。

「美海と貴斗は俺の大事な家族なんだから、俺が報告を聞くのは当然だろ」と言われ、不覚にも私までつられて泣いてしまった。

「もう絶対、美海を泣かせるなよ」

そして雄ちゃんは貴裕さんに釘を刺すのも忘れなかった。

「絶対に泣かしませんし、幸せにすると約束します」

貴裕さんは、みんなの前で力強い声で宣言してくれた。感激のあまりなかなか泣き止まない私の肩を、貴裕さんはずっと抱いていてくれた。

最後の夜は、貴斗と三人で私達の家で過ごすことにした。

「パパ、きょうたかとのうちにおとまりするの？」

「そうだよ。貴斗とママと三人で一緒に寝ような」

「やった〜！」

バンザイをして喜ぶ貴斗を見て、貴裕さんのことを受け入れてくれて嬉しい反面、複雑な気持ちになった。

明日になれば、貴裕さんは東京へ帰る。もちろん会えるのはこれが最後ではないけれど、ちゃんと貴斗はわかってくれるだろうか。

ずっと自分にはいなくて、ようやく現れたパパがまた目の前からいなくなってしまったら……。想像するだけで胸が痛いけれど、これもまた私達が乗り越えなければならないことのひとつだ。

貴斗は貴裕さんにお風呂に入れてもらって、上機嫌で上がって来た。

「パパ、おふろにはいったらおちゃのむよ」

「そうか、水分を取るのは大事だもんな」

「そう、すいぶんだいじよ！　れいぞうこからとって」

貴斗は、この家のことは全部、自分が貴裕さんに教えなければいけないとでも思っているようだ。得意気に、時にはちょっと偉そうに命令する姿がおかしくて、そんなふたりの姿を微笑ましく見ていた。

和室に布団を並べ、親子三人川の字になって横になった。

布団に入ったあとも、しばらくは「パパ、パパ」と嬉しそうにはしゃいでいた貴斗だったけれど、気がついた時にはすうっと眠りに落ちていた。

「さすがに疲れたみたいだな」

「あんなにはしゃぐなんて、よっぽど嬉しかったのね」

安らかな寝息を立てる貴斗の髪を、貴裕さんがそっと撫でる。言葉にしなくても、彼が貴斗を愛しいと思っているのがわかる。

「なにを笑ってるの」

知らず知らずのうちに、私は笑みを浮かべていたらしい。彼に言われて初めて気がついた。

「だって、幸せで」

貴裕さんが手を伸ばし、今度は私の髪を撫でる。その手にそっと触れると、彼は私の指に指を絡めた。

「美海、不安なことはない？」

貴裕さんが握った手にキュッと力を込める。そのまま引き寄せ、そっと指先にキスをした。

「不安は、ないと言ったら嘘になるけど……」

「うまくいかない時もあるかもしれない。でも安心して、なにがあっても未来永劫俺達は一緒だ」

私を見て、柔らかな笑みをくれる。私の強張った心を溶かしてくれる。

「愛してる、美海」

ストレートな言葉に胸が熱くなる。

「……私も愛してる、貴裕さん」

ようやく素直な気持ちで、貴裕さんと向き合うことができた。

満ち足りた気持ちで、その日私は眠りに落ちた。


よく晴れた空に浮かぶわた雲。少し緑がかった深い青色をした海の上に、明るい青空が広がっている。海から吹く風はちょっぴり冷たくて、夏の終わりの気配を漂わせていた。

貴裕さんと再会したのは、ほんの一週間前。この一週間で、私の状況は一変した。

貴裕さんが、迎えに来てくれたから。一度は離れてしまった私と、貴斗を取り戻そう頑張ってくれたから。今の私は迷うことなく未来を向いていられる。

「そろそろ時間かな」

乗客と見送りの人達でごった返すフェリーターミナル。ボストンバッグを手にして立ち上がった貴裕さんが、隣に座る貴斗を見下ろした。貴斗は下を向いたまま、右手でしっかりと貴裕さんの手を握っている。

「貴斗」

貴裕さんが優しく呼びかけると、やっと顔を上げた。

「……パパ、どこにいくの？」

涙を目に溜め、震える唇で問いかける。一瞬つらそうに顔をしかめて、貴裕さんはしゃがみ込んで貴斗と視線を合わせた。

「お仕事でどうしても行かなきゃならないんだ。でもまたすぐに会いに来るよ」

貴裕さんの言葉に、貴斗はふるふると首を振る。

「いやぁ、たかとさびしい」

今にも泣きそうな声で訴える。貴裕さんは、そのまま貴斗をギュッと抱きしめた。

「……パパも寂しいよ」

貴裕さんの声も、震えていた。

貴斗が声を殺して泣いている。離れられないふたりの上に、無情にもフェリーへの搭乗を呼びかけるアナウンスが響いた。

「貴裕さん」

私も涙を堪え、貴裕さんの肩に触れる。

「ああ」

貴裕さんは頷くと、貴斗から手を離して立ち上がった。

「貴斗のこと、よろしく頼む」

「私達は大丈夫。貴裕さんも気をつけてね」

「またすぐに会いに来るから」

「パパ！」

フェリー乗り場へ向かおうとした貴裕さんの足に、貴斗がしがみつく。貴裕さんの足にギュッと顔を押し付けたまましゃくりあげている。貴斗はなかなか離れようとしなかった。

「貴斗」

貴裕さんが荷物を私に預け、貴斗の体を抱き上げた。

「パパから貴斗にお願いがあるんだ。パパがいない間、ママのことを守ってくれる？」

「……たかとが？」

「そう、男同士の約束だ。守れる？」

パパに頼りにされている。幼いながらもそう思ったのかもしれない。

「たかと……まもれるよ」

貴斗はそう言うと、貴裕さんに向かって右手の小指を差し出した。

「約束だよ」

貴斗の小さな指に、貴裕さんの指が絡む。しっかりと指切りをして、貴斗は涙を堪え貴裕さんを見た。

「おりる」

貴裕さんが貴斗を下ろすと、貴斗は私の隣に立った。私の体に泣いて熱くなった体をギュッと押し付ける。

「……パパ、またね」

涙声で言うと、貴斗は貴裕さんに向かって手を振った。

「じゃあ」

軽く片手を上げて、自動ドアの向こうに行く。何度も私達を振り返っては、手を振ってくれた。

貴裕さんが乗り込んだあとは、フェリーが停泊している場所まで見送りに行った。ボーっと低く重たい警笛を鳴らし、フェリーが離岸して行く。甲板に立っている貴裕さんの姿が見えなくなるまで、私と貴斗は手を振った。

「貴斗」

遠ざかるフェリーを見つめながら、愛しい我が子の名を呼ぶ。

「……うわぁぁあああん！」

それまで私の体にしがみついて精一杯涙を堪えていた貴斗が、火が付いたように泣き出した。

「……えらいね、貴斗。パパが悲しくなるから、ずっと我慢してたんだね」

熱い体を抱き上げ、ギュッと抱きしめる。

「……たかと、がまんしたよ。だってたかとがなくとパパかなしいって」

貴斗も船釣りがしたいとごねて泣いた時に、貴裕さんが確かにそう言っていた。こんなに小さいのに、貴斗はちゃんとパパの言ったことを覚えていたのだ。だから一生懸命我慢した。

貴斗の優しさに、胸がいっぱいになる。いつの間にかこんなに優しい子に育ってくれていた。

「……パパはまた貴斗に会いに来るからね。貴斗もママと一緒にパパのところに会いに行こうね」

泣きじゃくる貴斗が落ち着くまで、私はその場で貴斗を抱きしめていた。

あなただから

貴裕さんと再会してから、三カ月以上が過ぎた。

季節は廻り、十二月。私と貴斗が住む諏訪島にも冬が訪れた。

東京へ戻ってからも、貴裕さんは忙しい合間を縫って、度々私と貴斗の元に会いに来てくれた。

それだけじゃない。

『貴斗が俺を忘れてしまったら悲しいからね』

なんてことを言って、毎日欠かさず電話もくれた。

その間に、貴斗は三歳の誕生日を迎えた。当日には貴裕さんから大きなプレゼントが届いて、貴斗は大興奮だった。

『パパ、プレゼントありがとう～』

『ああ、一緒に祝ってやれなくてごめんな』

その日の夜の電話で、貴裕さんは貴斗にハッピーバースデーを歌ってくれた。

貴裕さんはまだ一度も貴斗の誕生日を一緒に祝ったことがない。今年こそはと意気込んでいたけれど、直前になって視察の予定が入り、断念せざるを得なくなったのだ。あの時は、貴斗も貴裕さんも残念そうだった。もちろん私も。

一緒に住んでいれば、多少日にちがずれても一緒にお祝いができたのに。貴斗のためにも、一日も早く東京で暮らしたい。でも、私達には、本格的に移り住む前に、東京に行ってどうしてもやらなくてはいけないことがあった。

しかし、これがなかなか実現できずにいた。と言うのも、諏訪島から東京までは、フェリーやバス、飛行機を乗り継いで長い時間をかけて移動しなければならない。私ひとりで幼い貴斗を連れての長距離移動は、どう考えても難しかった。

どうしたらいいかと悩んでいた時、手を差し伸べてくれたのが雄ちゃんだった。以前から希望していた東京の大学での研修に参加できることになったのだ。

「俺が上京する時に一緒に行けばいいんじゃない？　美海とふたりで貴斗を見てればなんとかなるだろ」

「えっ、いいの？」

そんな大変な時に一緒についていっていいのだろうかと思ったけれど、大らかな雄ちゃんにしては珍しく「ひとりだと逆に緊張すんだよ。おまえらがいた方が気が楽」なんてことを言う。

「でも、行きはいいけど、帰りはひとりになるな……」

雄ちゃんの研修は二カ月に及ぶ。一方私達は一週間の滞在予定だ。

「大丈夫よ。行きよりは帰りの方が貴斗も移動に慣れてると思うし、私ひとりで頑張ってみる」

東京に引っ越ししたら、今までのように周囲に頼れる人はいない。今回のことは、私にもいい経験になると思う。

「わかった、でもあんまり無理するなよ。なにかあったらすぐに時田さんを頼れ」

「うん、そうする」

貴裕さんに対しても、変に遠慮をするのはやめた。ダメ元でも、相談だけはちゃんとしようと思う。これも、私の大きな気持ちの変化のひとつだ。

その冬一番冷え込んだ十二月半ばの朝、私と貴斗、雄ちゃんの三人は諏訪島を発ち東京へと向かった。

「ママ見て！　ちっちゃいおうちがいっぱい！」

早朝に島を出て、フェリー、高速バスと乗り継いで疲れているかと思いきや、生まれて初めて飛行機に乗る貴斗はご機嫌だった。窓から見える景色に興奮したり、客室乗務員さんに「ぼくいまからパパに会いにいくんだよ！」なんて、自分から話しかけたり。

「貴斗すげぇな。コミュ力高ぇ」

なんて雄ちゃんが漏らすほど、貴斗は大人にも物怖じせずにこやかに話しかけていた。

昨夜は、久しぶりにパパに会えるのが嬉しくて、なかなか寝付けないようだった。

そのせいか、今貴斗は私の隣の席で熟睡している。

貴斗の寝かし付けに手こずって、私の方が若干疲れ気味だ。

「なんだ久しぶりに旦那に会えるって顔じゃないな」

「旦那って」

まだ籍も入れていないし、貴裕さんのことをそう呼ぶのは早い気がする。

そう、今回の最大の目的は、貴裕さんのお母様に会って結婚の許可をもらうこと、そして貴斗も連れて、貴裕さんと入籍を済ませることだった。

「帰って来る時は美海も人妻かあ」

「……まだわからないよ」

「なんでだよ。入籍してくるんだろ」

でもそれは、貴裕さんのお母様に許してもらえたらの話だ。

私は、自分から姿を消して、貴裕さんに黙って子供を産んだ。それを今さらのこのこ出て来て、結婚したいなどというのだ。自分勝手な人間だと思われるかもしれない。

「最初から受け入れてもらえるとは思ってないよ」

むしろ歓迎されない可能性だって十分にある。でもその時は、私のしたことを真摯に謝り、せめて貴斗の存在だけでも受け入れてもらえるよう努力するまでだ。

「なんていうか、美海ってあんま欲がないんだな」

「……欲？」

「自分はダメでも貴斗さえ認めてもらえたらいいって？　美海って、いつでも自分以外のやつのこと優先じゃん。三年前も、時田さんのために身を引いて、今は貴斗のために生きてる。もっと自分がこうしたいとかこうなりたいとかないの？」

「そんなこと急に言われても……」

いつだって、家族を失くしてからは特に、日々を生きていくだけで精一杯だったから。雄ちゃんの言う通り、自分の未来を思い描くなんてことは、あまりしてこなかったかもしれない。

「俺を見てみろよ。自分の欲望をそのまま言葉にし続けて、晴れて薫と夫婦だ」

そう、なにがあっても折れずに攻め続ける雄ちゃんに根負けして、とうとう薫さんがプロポーズを受け入れたのだ。入籍を済ませてすぐに雄ちゃんは薫さんの家に引っ越して、柚子ちゃんと三人での生活をスタートさせている。

「まあわからんわけじゃないよ。家のことだって、美海がずっとやってたわけだし」

「雄ちゃんはそう言うけど、別に無理してそうしてきたわけじゃないよ。私が家事をやってたのは、私にはそれが当たり前で、生活するためには必要だったから……」

傍から見たら、私は家族の犠牲になったように見えるのかもしれない。でも全て自分の意志でしたことだし、もちろん、父や周りの人に指図されたわけでもない。

「美海は自分のことを後回しにして、人のために尽くすことに慣れきってるんだよ」

……そうなんだろうか。自分ではあまりピンと来ない。

「俺は絶対に薫と柚子のことを幸せにしてやりたいし、そのためだったらなんだってするよ。俺のこと頼りないって思ってるなら、頼りにしてもらえるよう今以上に頑張るだけだし。まあ、仕事で成果を出すのが、今の薫には一番効果的だからな」

薫さんは雄ちゃんの上司だから、きっとそうなんだろう。今回の研修も、その一環ってことだ。もちろん、薫さんのためだけに仕事をしているわけじゃないだろうけれど。雄ちゃんは、自分のなりたい未来に近づくために、ずっと努力をし続けている。

「美海もさ、もっと欲を出せよ。絶対に時田さんの嫁になる、幸せになるって。自分だって幸せじゃないんだぞ」

「雄ちゃん……」

「特に、時田さんな」

「貴裕さんが、どうして？」

聞き返すと、雄ちゃんは呆れた顔で私を見た。ふーっとわざとらしくため息を吐く。

「美海、やっぱなんもわかってないな。好きな女のことはデロデロに甘やかしてやりたいだろ。一緒にいてそれもできないなんて、男にとっちゃ拷問だろ」

「そんな、私はただ一緒にいられたら満足――」

「だから、それだよ」

被せ気味に言って、雄ちゃんは私をじっと見据えた。その表情から、呆れているようにも感じる。けれど、どうして？

「その謙虚さは美海のいいところだと思うけど、男からしたら寂しい時もあるんだぜ」

「そうなの……？」

ピンと来ない顔で言うと、雄ちゃんはこれ以上相手していられないとでも言いたげな顔で私を見た。借りていたブランケットを鼻まで引き上げる。

「貴斗も寝たし、俺も仮眠取るわ。朝も早かったしな」

「うん、わかった……」

「おまえもちょっとは自分で考えろ」

前髪とブランケットの隙間から私をじろりと睨むと、本当に眠かったのか、雄ちゃんはすぐに寝息を立て始めた。

よく眠っているふたりに挟まれ、考え込んでいるうちに、飛行機は貴裕さんが待つ東京に到着した。

羽田《はねだ》から東京駅まで移動して、雄ちゃんと別れた。

「俺の仕事はここまで〜。じゃまたな」

「ありがとう雄ちゃん」

「ゆうちゃんありがと」

貴斗が手を伸ばすと、雄ちゃんは軽くタッチをして返した。

「貴斗、パパにたっぷり甘えてこいよ。また年末な！」

年末年始は寮が閉まってしまうので、一度島に帰省するらしい。駅の改札をくぐって、雄ちゃんの姿が見えなくなるまで、貴斗と手を振って別れた。

「さ、パパに会いに行こうか。貴斗大丈夫？　疲れてない？」

「うん、げんきだよ！」

飛行機の中でぐっすり眠ったのがよかったのか、貴斗は元気いっぱいだ。貴斗と手を繋いで、駅の中を移動する。貴裕さんは仕事でどうしても抜けられず、彼の会社まで私達が出向くことになっている。長距離の移動と数回の乗り換えでこれ以上貴斗に負担をかけたくはなかったので、会社まではタクシーを利用することにした。

「ママ、ひとがいっぱいだねぇ」

「本当ね。はぐれたらいけないから、しっかりママの手を握っていてね」

「りょうかい！」

テレビででも見たのか、貴斗が敬礼のポーズをする。しばらく歩いてようやくタクシー乗り場を見つけた。

タクシーに乗ってからは、貴斗は初めて見る東京の景色に夢中だった。高いビルや、何車線もある道路、うんざりするほど走っている車に、寒さもものともせず街中を歩く人々。どれも貴斗が生まれ育った島とは違う景色ばかりで、びっくりしている。

これからは貴斗と貴裕さんと三人で、ここで暮らすのだ。久しぶりの東京暮らしに不安もあるけれど、今はワクワク感の方が強い
そうこうしているうちに、エテルネル・リゾート本社ビルに到着した。

「てっぺん、みえないねぇ」

「……本当ね」

貴斗はあんぐりと口を開けて、ビルを見上げている。

頭ではわかっていたつもりだったけれど、貴裕さんはこんなに大きな会社の社長さんだったのだ。すっかり乗り越えたつもりだったコンプレックスが、再び顔を出しそうになる。

貴裕さんのお母様だけじゃない。彼の親族や、会社の社員、彼の周囲を取り巻く人々に私と貴斗の存在が歓迎されるとは限らない。改めて自分と貴斗の立場を思い知らされて、緊張が走った。

「ママどうしたの？　早くパパに会いに行こうよ！」

立ち尽くす私の手を、貴斗がキュッと握る。期待に膨らんだ瞳で私を見ている。

今からこんなんでどうするの。私が貴斗を守らなきゃいけないのに、こんなに怯えていてどうするの。心の中で自分に喝を入れた。

「うん、行こう！」

貴斗の手を握り返し、私はビルの中に足を踏み入れた。

一階は広々としたロビーで、開放感のある吹き抜けになっていた。

「ママ見て！」

貴斗が指さした方に顔を向けると、壁際に大型スクリーンが設置してあり、世界中に展開しているエテルネル・リゾートのPR映像が流れていた。

「きれいね、ママ」

「そうね、行ってみたいね」

貴斗も見たことのない雪景色や、南国の色とりどりの花々と一緒に、リゾートの情緒あふれる宿泊施設が映し出されている。

「お望みであれば、いつでも手配いたしますよ」

突然声をかけられて驚いた。振り向くと、見知らぬ男性が立っていた。

「須崎美海様と……貴斗くんですね、初めまして。私は時田社長の秘書を務めております菅野と申します」

さらりとした黒髪に、整った顔立ち。貴裕さんも背が高いけれど。ひょっとしたら彼よりも数センチは高いんじゃないだろうか。

秘書というだけあって、見るからに切れ者といった感じがする。整った容姿も相まって、少し冷ややかな印象を与えるほど……。笑みを浮かべているけれど、同時に私達のことを観察しているような冷静さも感じて身が竦んだ。

しまう。

「すざきたかとです！」

大きな声で、貴斗が返事をした。

「ちょっと貴斗。すみません、大きな声出して」

ざわついているロビーでばっちり注目を集めている。あまりにも場違いで恐縮して
しまう。

「いえ、お気になさらず。貴斗くんえらいね。お返事上手だね」

菅野さんはくすりと笑うと、貴斗の頭をくしゃりと撫でた。

笑うと、ぐっと雰囲気が柔らかくなり、菅野さんの印象はかなり変わる。少しだけ
緊張がほぐれた気がする。場を和ませてくれた貴斗に感謝だ。

「社長は電話応対中なので、代わりに私がお迎えに上がりました。ご案内しますので
どうぞ」

私が引いていたキャリーバッグまで持ってくれようとする。

「あっ、荷物は自分で」

「須崎様にそんなことをさせたら、私があいつから殺されます」

「えっ、殺⁉」

いきなり物騒な言葉が出て来て驚いてしまう。

「私と社長は、いわば幼馴染みのようなものなんです。腐れ縁とでもいうか」

「……そうなんですか！」

「ええ。いっそのこと、腐れきって切れてもいいくらいなんですが」

なんて、冗談とも本気ともつかないことをサラッと言う。幼馴染みっていうくらいだし、貴裕さんとは気心の知れた仲っていうことなのかな。

「さあ、行きましょう。社長がお待ちかねです」

菅野さんのあとに続いて、エレベーターの中に入る。着いたのは地上十五階の、役員専用フロアだった。

「こちらです」

見るからに立派なドアの前に立ち、菅野さんがノックをする。

「社長、須崎様をお連れしました」

「入ってくれ」

「パパだ！」

菅野さんがドアが開けると同時に、貴斗が中に飛び込んだ。

「パパ！」

「貴斗、いらっしゃい」

貴斗が走り寄ると、貴裕さんが床に片膝をついて両手を広げる。貴裕さんの胸に勢いよく飛び込んだ貴斗を、貴裕さんはギュッと抱きしめた。

「会いたかったよ、貴斗」

「ぼくも～、さびしかったんだよ！」

貴斗は貴裕さんの首に抱きつき、離れようとしない。貴裕さんの仕事が忙しくてしばらくは電話をするだけで、会えてはいなかったのだけれど、貴裕さんの電話攻勢はしっかりと効いているようだ。

「久しぶりだね、美海」

優しく微笑まれ、胸が高鳴る。貴斗だけじゃない。久しぶりに会えて嬉しいのは、私も同じだった。

……私も、貴裕さんに会えなくて寂しかったんだ。

「貴裕さん元気そうでよかったわ」

忙しそうだなというのは、日々の電話の様子から伝わっていた。出会ったばかりの頃の、疲れを色濃く滲ませた姿も覚えているだけに、心配していたのだ。

「忙しかったけど、ご褒美があったからね。頑張れたよ」

それは……私と貴斗が会いに来たこと？

「ごほうび！　パパごほうびもらったの？」

「ああ、最高のご褒美をもらったよ」

「いいな〜、ぼくもごほうびもらいたい！」

「そうか、貴斗はなにが欲しいの？」

「ぼく？　えっと、飛行機と電車のおもちゃがほしい！」

「わかった。貴斗がこっちにいるうちに一緒に買いに行こうな」

「ほんと？　やった〜」

すっかり親子らしくなったふたりのやり取りを、微笑ましく眺めていると、それまでふたりの様子を黙って見ていた菅野さんが口を開いた。

「お話中失礼します。社長、本日の業務は終了です。どうぞ今日は早めにご帰宅ください」

いわゆる定時には、少し早い時間だ。それなのに帰るだなんて。社長が仕事よりプライベートを優先させていいはずがない。

「あの、私達ならどこかで適当に時間潰してるんで平気ですから。貴斗おいで。外でパパのお仕事が終わるの待っていよう」

手を取ろうとすると、貴斗はイヤイヤと首を振った。

「やだよ。ぼくパパと帰る～」

「貴斗、ムリを言っちゃダメよ」

「須崎様、ご心配なく。この日のために社長は張り切って休日出勤なさり、業務に滞りはありません。少し疲労が溜まってらっしゃるようですが」

「えっ？」

そうなの？

「余計なこと言うなよ、菅野」

貴裕さんは、照れた様子を見せたあと、菅野さんを一睨みした。

「俺だって、ふたりに会えるのを楽しみにしてたんだよ。さ、帰ろう。あとは頼んだぞ、菅野」

「どうぞごゆっくり」

菅野さんに見送られ、会社をあとにした。

おかげで、暗くなる前に貴裕さんのマンションに着くことができた。

「わあ、パパのおうち広ーい」

部屋に入るなり、貴斗は探検に出かけた。あっちの部屋のドアを開け、こっちのドアに顔を突っ込みやりたい放題している。

「貴斗待って。勝手に開けちゃダメ」

必死に追いかけまわすけれど、貴斗は私の手をさっとかわし、逃げてしまう。

「構わないよ、好きにさせてあげて。そう遠くないうちにここが貴斗のうちになるんだし」

正式に東京に出て来たら、しばらくはこのまま貴裕さんのマンションに住もうということになっている。部屋数は十分すぎるほどあるし、このマンションのある区画一帯がひとつの街のようになっていて、徒歩十分圏内で一通り買い物もできるし、病院や学校などだいたいの施設が揃っている。貴裕さんから話を聞けば聞くほど、子育てにはうってつけの土地だと思った。

「でも、お仕事の道具とか触っちゃダメな物もあるんじゃないの?」

貴斗も以前よりだいぶ言葉を理解するようになったとはいえ、まだ幼児だ。夢中になって気がついたら部屋中におもちゃをばらまいていたなんてこともある。

「貴斗、ちょっと来て」

心配していたら、貴裕さんは貴斗を呼んだ。パパ大好きな貴斗は、すぐに飛んで来る。

「なぁに、パパ」

「貴斗聞いて。パパのおうちの中は好きなだけ探検してもいいけど、このお部屋は勝手に入ったらダメだよ」

「どうして？」

「パパのお仕事の道具がいっぱい入ってるんだ。もしひとつでもなくなったら、パパがとっても困る」

「パパお仕事できなくなるの？」

どんな想像をしたんだか、貴斗の顔がくしゃっと歪む。

「そうだよ、だから約束して。このお部屋だけは入らないでね」

貴斗はしばらく考え込むような顔をしたあと、「わかった！」と返事をした。

「ありがとう貴斗」

「うん、ぼくパパを困らせたくないもん！」

貴裕さんに頭を撫でられて、ニコニコしている。

貴裕さんのこういうところ、すごいなって思うのだ。小さい子だからと適当なことを言ったり、なにかされてから怒るのではなく、貴裕さんは貴斗にわかるようにちゃんと話をしてくれる。

貴斗のことをちゃんと対等に見て話をしてくれているんだって、貴斗も感じているんだと思う。

貴斗はちゃんと約束を守り、貴裕さんの仕事部屋には絶対に入らなかった。

長旅でふたりとも疲れているだろうからと、夕食は中華のデリバリーにしてくれた。

貴斗も大好きなエビをたくさん食べて、とても満足していた。

さすがに疲れたのだろう。またはしゃいで寝ないかなと思ったけれど、貴斗は貴裕さんと一緒にソファーでテレビを見ているうちに、眠ってしまった。

「ぐっすりだな」

「うん、これじゃ朝まで起きないかも」

すぐ様子を見に行けるよう、リビングの隣の部屋のベッドに貴斗を寝かせた。

「美海もお疲れ様。ちょっとゆっくりしようか」

貴裕さんはキッチンに消えたかと思うと、マグカップをふたつ持って現れた。

「これ、カモミールティー？」

「そう、懐かしいだろ」

ラパンで働いていた頃、仕事が忙しくて不眠気味だったという貴裕さんに渡したハーブティーだった。今でも自分で買って愛飲していると言う。

ソファーに並んで座り、久しぶりにゆっくりふたりで話をした。

「雄介さんがそんなことを？」

「うん、私には欲がないって言うの」

飛行機の中で、雄ちゃんから言われたことが、頭から離れなかったのだ。

「確かにそうかもしれないいな」

「えっ、そう？」

マグカップを置いて、貴裕さんが頷く。

「俺が美海に惹かれたのは、そういうところでもあるんだ。献身的っていうか、よく人のことを見ていて気が利く。でも決して押し付けがましいわけじゃない。人に自然に優しくできるんだよ」

「褒めすぎよ。私はそんなにたいそうな人間じゃない」

「でも雄介さんの言う通り、美海は人のことばっかりで物足りない時もある」

「……どういうこと？」

貴裕さんの言わんとすることがわからなくて、私は首を傾げた。

「たとえば、今の美海の一番大事なものはなに？」

「それは……貴斗。そして貴裕さん」

私にとって、ふたり以上に大切な人はいない。

「俺のことはまあ置いておくとして。今の美海はなにか行動を起こす時、貴斗にとってなにが最善かをまず考えるだろう」

「でもそれは、普通のことじゃないの？」

母親であれば、誰しも子供に余計な負荷をかけたくはないし、いい環境で過ごさせてあげたいと思うものなんじゃないだろうか。

「美海にとって、最優先事項は貴斗。それに気づいたから、俺はまず美海に貴斗への誠意を見せることが大事だと思った。それが美海の信頼を得る近道だと思ったから。だからって、貴斗への愛情は見せかけなんかじゃないよ。俺は、美海のことと同じくらい貴斗のことを大事だと思ってる」

そのことは、もう十分すぎるくらいわかっている。今さらこんなことを聞かされたからって、貴裕さんの貴斗への愛情を疑ったりはしない。

「じゃあさ、美海は俺のことちゃんと自分のパートナーとして見てるか？」

「えっ？」

「こんなこと言うのまるで貴斗に嫉妬してるみたいで嫌なんだけど……」

貴裕さんは本当に恥ずかしそうに一度下を向いた。一瞬置いて、またパッと顔を上げる。

「美海は、俺のことを貴斗の父親としてしか見てないんじゃないかって思う時があるんだ」

「そんなこと……」

言いかけて、口を噤んだ。今の私の全ての判断基準は貴斗だ。それは自覚がある。ひょっとして私は、貴裕さんのことも、貴斗を通してしか見ていなかった？

「もちろん貴斗は大事だけど、美海自身の気持ちだって大事だろ。貴斗のことは抜きにして、俺は美海にとって一生添い遂げたいと思える相手か？」

一緒にいられたのは、ほんのわずかな時間だった。それでも私は、貴裕さんとの日々を支えに今まで生きてきた。

「母親としての美海も尊敬してるし、大好きだけど、俺はそれ以上に美海自身に惚れてるんだ。美海も同じ気持ちだって思っていいのか？」

ずっと、大好きだった。離れたあとも、忘れたくても忘れられなかった。三年かかっても見つけ出してくれて、本当は叫びたいほど嬉しかった。

知らない間に、自分の心を縛り付けていた。私は貴斗の母親なんだからと。自分の気持ちだけで、未来を決めてはいけないと。

「……貴斗の父親だからじゃない。私も、貴裕さんだから……あなただからずっと一緒にいたいと思ったの」

「だったらちゃんと俺を欲しがれ」

初めて、私の方から手を伸ばした。互いの体をきつく抱きしめ合う。これ以上離れている時間が惜しくて、唇を押し付け合った。

どうして私は、今の今まで忘れていられたのだろう。

一刻も早く、あなたのものになりたい、私だけのものにしたい、焦りにも似た強い気持ち。

「美海、抱きたい」

私だって同じ気持ちだと、声に出さずに頷いた。

でも、隣の部屋には貴斗がいる。

私のためらいを、感じ取ってくれたのかもしれない。貴裕さんは無言で私を抱き上げると、別の部屋へと続くドアを開けた。

貴斗に入ってはダメだと教えていた部屋だった。デスクの上には本や書類が山積みになっていて、部屋の壁側にダブルサイズのベッドが置いてある。

そっと私をベッドに横たえる。そのまま私の体を、シーツに縫い止めた。

「好きだよ、美海」

彼の手が髪を撫で、私の頬に触れる。さっきまでの荒々しさはなりをひそめ、静かに唇が下りて来た。始めは啄《ついば》むだけだったキスが、少しずつ大胆になっていく。

「はっ、はあ……」

情欲を煽る熱いキスに全てを忘れ、思わず熱い吐息が漏れた。

「ん……、んんっ！」

息を継いだ隙に、貴裕さんの舌が私の唇の隙間から入り込んだ。あっという間に口内を掌握され、止まらないキスにとろとろに溶かされ、頭の中がぼうっとし始めた頃、貴裕さんの唇が、私の首筋から鎖骨、胸元へと下りて来た。

「美海、ありのままの君が見たい」

耳元で囁かれ、背筋にゾクリと快感が走る。恥ずかしくて閉じたままだった目を、そっと開いた。

貴裕さんの瞳は、情欲で濡れていた。ためらいがないわけじゃない。彼と離れていた間、私は貴斗を産み育てた。心もそうだったように、体だって大きく変化しているはず。

それでも、彼の気持ちに応えたい。今度こそちゃんと、私をあなたのものにして欲しい。その一心で私は震える自分を隠して頷いた。

「……美海」

再び彼の唇が下りて来て、私を翻弄し始める。彼の指先が私のシャツの襟元に触れ、ひとつふたつとボタンを外していく。やがて全てを取り払われた私を見下ろして、貴裕さんはほうっとひとつため息を吐いた。

「……綺麗だ、美海」

安堵と、そして欲しい気持ちに再び火がついて、私は彼に向かって手を伸ばした。

「もう二度と離さないで」

「離さないし、絶対に離れないよ美海」

ギュッと抱きしめ合って熱いキスをして、お互いの存在を確かめるように何度も触れ合って、ようやく私達はもう一度結ばれた。

ずっと一緒にいるために

目蓋の裏に白っぽい光を感じて目を開けた。

細く開いたカーテンから差し込む光。見知らぬ天井、うちとは違う照明。前もこんなことがあったなと思いながら体を起こす。サイドテーブルに置いてある時計は、午前六時を指していた。

昨夜は遅くに寝室に戻り、貴斗を挟んでふたりで眠りについた。

隣には、私の方を向いて体を丸めて眠る貴斗。貴斗を挟んで私とは反対側に、貴裕さんが眠っている。

驚いたことに、貴斗と貴裕さんは全く同じポーズで寝ている。つい吹き出しそうになるのを堪え、スマホを取ろうとして、やめた。ふたりの姿を写真に収めておきたかったけれど、ぐっすり寝ているところを起こしたくはない。

そっとベッドから抜け出し、貴斗とそして貴裕さんの寝顔を見下ろした。途端に昨夜の記憶が蘇り、胸が熱くなる。

夢のような夜だった。

貴裕さんは、私ですら見失っていた心を暴き、そのまま体も暴いた。とは言っても、彼に言葉ほどの粗さはなく、私を慈しむように、大切に触れた。

彼が私に触れるたび、甘い言葉を囁くたび、彼からの深い愛情を感じて、気づいたら私は涙をこぼしていた。

一緒にいられるだけで十分だと思っていた。でも本当は、私も彼から愛されたいと心の奥底で強く願っていた。貴裕さんはそのことに気づかせてくれた。

彼からの愛を受ける分、いえそれ以上に、私も彼に愛を返したい。それが今の私の願いだ。

音を立てないようにして、寝室を出た。

キッチンに行き冷蔵庫を覗いてみると、最低限の食料しか入っていなかった。卵に牛乳、分厚いベーコン、それにパン。諏訪島にいた頃、貴裕さんが一度だけ食事を作ってくれたことがあった。その時のメニューとほとんど変わらない冷蔵庫のラインナップに、つい笑みが漏れる。朝食はあまり食べないと言っていたけれど、島から戻ってからも、努力して朝だけは自炊しているようだ。

あり合わせのもので簡単な朝食を作っていると、貴裕さんに抱っこされ貴斗も一緒に起きて来た。

「おはようふたりとも」

「ママおはよう」

「おはよう美海」

朝起きて顔を合わせ、互いに挨拶を交わす。きっと世界中の誰もが、似たような朝を過ごしている。でもこれが当たり前の光景ではなかった私には、こんな何気ないことも幸せだと思えた。

「ママあさごはんできた？　ぼくおなかすいた！」

貴裕さんの腕から下り、貴斗はさっさと自分の席に着いた。

「貴斗の椅子、買っておいてくれたのね」

昨夜はローテーブルの方で食事をしたけれど、テーブルでも貴斗と一緒に食事を取れるよう、貴裕さんは幼児用の椅子を用意していてくれた。ひぐらし荘で食事をした時のことを覚えていてくれたようだ。

「俺が用意したのは、これとチャイルドシートくらいだよ。あとは美海と一緒に見て決めた方がいいと思って」

一緒に過ごした一週間のうち、目についた大きなものだけとりあえず買っておいてくれたようだ。こまごましたものを揃えるのは、貴裕さんには難しかったのだろう。

「ありがとう、これだけでもだいぶ助かる」

「これから少しずつ揃えていこう」

「ねえパパ、ふりかけはある？」

すかさず貴斗が言う。

「あー、ふりかけも買ってなかったな。今日買いに行こうな」

「うん！」

椅子に座ったままバンザイをする貴斗の頭を、貴裕さんが愛おしそうに撫でていた。

三人での生活が、徐々に形作られていく。そのことがたまらなく嬉しい。

お腹が減っていたのか、貴斗は珍しく朝から食欲旺盛だった。「もうちょっとゆっくり食べなさい」とつい言いたくなるほど。

「貴斗張り切ってるなあ」

「うん、ぼくいっぱいたべてパパみたいに大きくなるよ」

「そっか、パパも貴斗に負けないようにたくさん食べなきゃな」

朝はあまり食欲はないという貴裕さんが、貴斗の手前、頑張ってパンを口に運んでいる。

「子供って朝が早いし、食事も三食時間きっかりに食べるし、貴裕さんの生活スタイルを狂わせちゃうかも」

多忙な貴裕さんには、自分なりの生活リズムがあるだろう。なるべく邪魔にならないようにするつもりだけれど、負担を感じさせたくない。

「大人が子供に合わせるのが普通だろ。変な気は使わないでくれよ。俺は、君達と暮らすのを本当に楽しみにしてるんだから」

テーブル越しに、貴裕さんが私の手をそっと包む。私を見て、優しく微笑んでくれた。

休日にも関わらず、私や貴裕さんが早起きしたのには理由がある。いよいよ今日、貴裕さんの実家に行って、お母様から結婚の許可をもらうのだ。

「貴斗、今日はこのお洋服着てね」

いつもの着やすさ、動きやすさ重視のラフな服とは違い、貴斗に用意したのはよそ行き用のシャツとパンツ。今まで着けたことのないサスペンダーもある。

「えー、ぼくでんしゃのふくがいいなー」

毎日のように着ているお気に入りのトレーナーを、鞄の中から見つけて勝手に着ようとしている。

「貴斗〜、お願い。ほら見て、今日はママもおしゃれしてるよ」

私も思い切って新調したワンピースを着ている。カジュアルすぎないようジャケットも羽織り、控えめにアクセサリーも着けている。私の格好を見た時は、可愛いって言ってくれたのに。いざ貴斗にもよそ行きの服を着せようとすると、ぷいっと横を向いてしまう。

どうしよう、約束の時間が迫っている。焦っていると、とっくに着替えを済ませ、準備万端の貴裕さんが姿を見せた。

結婚の挨拶と言っても、実家に顔を出す貴裕さんはチノパンにセーターと私達に比べたらぐっとカジュアルな格好だ。でもそんな何気ない格好も、背も高くスタイルもいいおかげで、雑誌から抜け出てきたかのようにかっこいい。

「……美海、すごく綺麗だ」

貴裕さんは普段とは違う私に目を留めると、ホッとため息を漏らした。

「あ、ありがとう。貴裕さんもすごく素敵」

ストレートに褒められて嬉しい、けれど照れてしまう……。

「なんだ、貴斗はまだ着替えてないのか？」

「ぼくでんしゃのおようふくがいいんだよね」

ほっぺたをぷっと膨らませ、唇を尖らせた貴斗が言う。

「さっきからこれで、なかなか着替えてくれないの」

「どれ、貴斗の服も見せて」

貴斗用の服をハンガーに吊るしたままの状態で貴裕さんに渡した。

「おっ、貴斗今日の服かっこいいじゃないか。パパみたいにお仕事に行く人みたいだ」

「……ほんと？」

貴斗の目がきらっと輝いた。パパのことが大好きな貴斗は、スーツ姿の男性にどうも憧れを抱いているようなのだ。島には郵便局などに制服姿の人はいても、スーツを着ている人なんてほとんどいない。見慣れていないこともあってか、ものすごくかっこよく見えるらしい。

「ぼくやっぱりこっちのふくにしようかな～」

パパみたいだと言われて、悪い気はしなかったようだ。握りしめていたトレーナーをぽいっと床に投げると、貴斗は白いシャツに手を伸ばした。貴裕さんに手伝ってもらって、パンツ、靴下、サスペンダーと次々に身に着けていく。

三歳になって自我が芽生えたのか、貴斗と私は言い合いになることも増えた。いけないと思いながらもついつい言い返してしまう私に対して、貴裕さんはいつも冷静だ。貴斗がやる気になる言葉をうまく選んでいると思う。

「俺は四六時中貴斗と顔をつき合わせてるわけじゃないからな。ずっと一緒だとイラッとする瞬間もあると思うよ」

つい弱音をこぼしてしまった私に、貴裕さんが言う。

「いいんじゃない？　俺が緩衝材になれば。逆に俺が冷静じゃなくなった時は、美海が助けてよ」

「……わかったわ」

穏やかじゃない貴裕さんなんてちっとも想像できないけれど、私の負担を減らして、心を軽くしてくれる。こういう時、貴裕さんがいてくれてよかったと心から思う。

「よし。いいぞ貴斗、すっごくかっこいい」

「ぼくおしごとする人みたいでしょ！」

両手を広げて、私達の前でくるっと回って見せてくれる。

「パパよりずっとかっこいいよ。な、美海」

「うん、貴斗よく似合ってるよ」

私と貴裕さんが褒めると、貴斗は頬を紅潮させた。

「ぼく大きくなったらパパとおしごとするの」

「パパと？」

「うん、パパのかいしゃでおしごとするんだよ！」

そう言って、機嫌よく部屋の中でジャンプしている。貴裕さんは、一瞬目を見開いたあと、破顔した。

「……そっか、パパ楽しみだな」

貴斗を抱き上げ、高い高いをする。貴斗も喜んではしゃいだ声を上げた。

本当にそんな未来が来たらいいな。たくさんの期待と緊張と、ほんの少しの不安を胸に、私達は貴裕さんの家をあとにした。

貴裕さんの実家は、都内の閑静な住宅街の一角にあった。広い敷地に都会的で洗練された佇まい。この辺りはいわゆる高級住宅街と呼ばれる場所だけれど、時田家はその中でも一際目を引く。

極度の緊張で固まる私をよそに、貴裕さんはいたって普通。

「そんなに緊張することないよ。サバサバした人だから、気楽にしといて」

なんてことを言われても、緊張せずにはいられない。なんと言っても私には、勝手なことをしたという負い目がある。貴裕さんの人生を狂わせたと思われているかもしれない。

「本当に？　怒ってらっしゃらない？」

「……怒っては、まあいると思うけど」

——やっぱり。でも自分のしたことを思えば仕方がない。……結婚は反対されるかもしれない。

なにを言われても動じず、どうか冷静に話ができますように。少しでも心を落ち着けようと、胸に手を当て深呼吸をする。

貴裕さんが呼び鈴を押すと、インターフォンから「はぁい、悪いけど入ってきてくれる?」と軽やかな声がした。ロックが外れる音がして、貴裕さんがドアを開ける。

「さ、どうぞ」

「……お邪魔します」

只事ではない空気を感じ取ったのか、貴斗もやけに大人しい。貴斗の手を引いて、建物の中に入った。

貴裕さんの案内で、お母様が待っているというリビングへ向かう。玄関から続く廊下がやけに長く感じた。

「貴裕、美海さんいらしたの?」

「ああ、連れて来たよ」

貴裕さんに促され、リビングの中に入る。

「あなたが美海さん？　初めまして、貴裕の母です。来てくださって嬉しいわ」

出迎えてくれたのは、女性にしては背が高くすらっとした印象の女性だった。快活な笑顔を私達に向けている。

「初めまして。須崎美海と申します。今日はお時間を取ってくださりありがとうございます」

貴裕さんは怒られるかもなんて言っていたのに、お母様はとても友好的だった。私に柔らかく微笑むと、再び口を開く。

「いつだったか、私の誕生日の花束を作ってくださったでしょ。本当に素敵で、貴裕に色々話を聞いたの。自分でも買いに行きたいって言ってもなんだかんだ止めるからおかしいと思ってたら」

そう言って、ちらりと貴裕さんの方を見る。貴裕さんは知らんふりを決め込んでいる。

「どうにかしてあなたを落とそうと必死だったみたいね。私に冷やかされるのが嫌だったみたい」

「そ、そうだったんですか？」

初めて聞く話に、顔が熱くなる。貴裕さんが店に来るついでに、お母様の分も買っていたのだと思っていたけれど、ふたりの間でそんなやり取りがあったなんて知らなかった。

「……あなたが貴斗くんね」

お母様はゆっくりと貴斗に視線を移し、目を細めた。

「初めまして。私があなたのおばあちゃんよ」

「ぼくのおばあちゃん?」

お母様は腰を屈め、貴斗と視線を合わせた。貴斗の頭の上にそっと手をのせ、ポン

ポンと優しく撫でる。

「私はあなたのパパのお母さんなの。これからよろしくね」

「すごい! ぼくにもおばあちゃんできた!」

無邪気に叫ぶ貴斗を見て一瞬口元を震わせると、お母様は貴斗の体をキュッと抱き

しめた。

「……今まで心細い思いをさせてごめんなさい。パパとおばあちゃんを許してね」

振り絞るように出た言葉に、私も胸が詰まる。お母様も貴裕さんと同じように自分

のことを責めていたのだろうか。

「おばあちゃんどうしてあやまるの? ぼくおこってないよ?」

いきなり謝られて、びっくりしたのだろう。貴斗は不思議そうな顔で首を傾げたあと、お母様の背中を小さな手のひらでトントンと叩いた。

「いいこいいこ」

いつも私がするように、お母様の背中を何度もトントンと叩く。堪えきれず、お母様は涙を流した。

「なんで美海まで泣いてるんだ」

「だって……」

怒られても仕方がないと覚悟してきたのだ。まさか私達親子にこんな言葉をかけてもらえるなんて思っていなかった。

涙を拭いて落ち着いたあと、みんなでソファーに腰かけお茶を飲んだ。貴斗はお母様が用意していてくれた電車のおもちゃで夢中になって遊んでいる。

「それにしても、不甲斐ないのは貴裕よ！」

「またその話ですか……」

うんざりした顔で、貴裕さんが紅茶の入ったカップを口に運ぶ。貴裕さんが『怒ってる』と言っていたのは、私のことではなく貴裕さん自身のことだったようだ。

「あんな子にいいようにされて、しかもそれに三年半も気がつかないなんて。本当に情けない！」

「……俺だって後悔してますよ」

再会してから、過去のことは散々ふたりで話してきた。今さらどんなに悔いたところで、過ぎた日々は戻らない。

「どうかもう気になさらないでください。……以前のことは、貴裕さんのことを信じられなかった私が悪いんです」

それに、もっと自分に自信があれば、安藤さんになにを言われようときっと揺らがなかったと思う。

「これからは未来だけを向いて行こうと貴裕さんと決めましたから」

一緒にいられなかった分、これから濃密な時間を過ごせばいい。たとえまたすれ違いそうになったとしても、ちゃんと想いを言葉にしてわかり合う努力をすれば、きっと大丈夫。そう貴裕さんと話したのだ。

「……そう、美海さんは強いわね」

「強くならざるを得なかったんです、貴斗のために」

でも私は、今の私が好きだと胸を張って言える。

「いい方をお迎えしたわね、貴裕」

「はい、自慢の妻と息子です」

「……あなた達と家族になれて、私も嬉しいわ」

テーブルに身を乗り出し、お母様が私の手を両手でキュッと握る。

「貴裕のことよろしくね、美海さん」

「はい、こちらこそよろしくお願いします！」

お母様の温かい手を私も握り返した。

翌日、私達はようやく婚姻届を提出した。

本当は、昨日のうちに出しに行くつもりだった。しかしあっという間にお母様に懐いてしまった貴斗がなかなか帰りたがらず、結局夕食までごちそうになり帰るのが遅くなったのだ。

『本当に帰っちゃうの貴ちゃん。ばあば寂しい』

『ごめんねばあば。ぼくまたくるよ！』

すっかり孫に魂を奪われてしまったのか、最後の方はお母様を宥めるのに必死だった。

『……貴ちゃんなんて、俺にも言ったことないのに』

少々呆れ気味で貴裕さんが呟いていたのは、内緒だ。

婚姻届の受理は、拍子抜けするほどあっけなかった。でもその場にいた人全員が拍手をして祝ってくれた。初めはきょとんとしていた貴斗も、いつの間にか周りにつられて笑顔で拍手をしていた。たくさんの人の祝福を受けたあの光景は、一生忘れないと思う。

区役所を出て、冬枯れの並木道を家族三人で歩いた。真ん中を歩く貴斗は、両手をパパとママと繋いでご機嫌だ。

「これでやっと、君は時田美海だ」

貴斗に合わせた歩幅で歩きながら、感慨深そうに貴裕さんが言う。

「嘘みたい。だけど本当なのね」

左手の薬指にきらめく指輪を見て、ほんの少し不思議な気持ちになる。

貴斗を産むと決めた時、私はひとりだった。あの時、私と貴斗のふたりきりで想像していた未来が、どんどん上書きされていく。貴裕さんと寄り添う未来を今はきちんと思い描くことができる。

私は、幸せだ。体の中にじわじわと喜びが広がっていくのを感じて、胸が温かくなった。

「ぼくは？」

「貴斗も今日から時田貴斗だよ。パパの名字になったんだ。新しい自己紹介できるかな？」

ふたりして貴斗を見下ろすと、貴斗は両手を離し、「ぼくできるよ」と元気よく手を上げた。

「ときたたかとです。三さいです！」

「上出来だ」

目を細めて、貴裕さんが貴斗の頭を撫でる。褒められて貴斗も誇らしげだ。

「このあとどうする？　俺も一日フリーだけど」

この一週間のために仕事を詰め込んだおかげで、私達の滞在中は貴裕さんのスケジュールは比較的余裕があるらしい。

「私につき合ってもらってもいい？　行きたいところがあるの」

貴裕さんの車で向かったのは、かつてアトリエ・ラパンがあったところだ。

なくなった店を見に行ったところで、虚しくなるだけかもしれない。でも、私が大事に育てた店があった場所を、もう一度だけ見ておきたかった。

店の近くのパーキングに車を停め、車を降りた。

「パパだっこ」

「ん、貴斗おいで」

貴斗は車に揺られて眠くなったのか、甘えて貴裕さんに抱っこをせがんだ。

店までの懐かしい道を三人で歩く。ここを離れてもうすぐ四年。変わらない場所もあれば、店が入れ替わりすっかり雰囲気が変わってしまった場所もある。ラパンがあった場所も、きっと新しいテナントが入っているんだろうと予想していた。

角を曲がれば、ラパンがあった場所だ。視線を向け、息を呑んだ。

店先に並ぶグリーンと花苗。ウッド調の壁面に掛かっている陶製の看板に『フラワーショップ・フルール』と書いてある。

「また花屋になったんだな」

「……入ってみてもいい？」

「もちろん」

厚い木製のドアをそっと押すと、花々の甘い匂いが私を包んだ。懐かしさで胸がいっぱいになる。

店の中は海外から取り寄せたような可愛らしい小物で飾られていてとてもセンスがいい。花やグリーンの種類も多く、花苗や鉢植えだけでなく、ガーデニンググッズのコーナーも充実している。長く置かれているようなグリーンもよく世話されていて、元気なのが一目でわかった。

「いい店だわ」

店内をゆっくりと見ていると、店のよく目立つ場所にワンコインで買えるプチブーケが並んでいた。一見難しそうな配色だけれど、バランスよく花が配置されていて、サイズが小ぶりなこともあって可愛らしい。

「あれ、このアレンジどこかで……」

よく似たアレンジを、いつかどこかで見たことがあるような気がした。

「美海どうかした？」

「うん、このデザインになんだか見覚えがあるような気がして」

しゃがみ込んで花束を見ていると、背後から「いらっしゃいませ」と声をかけられた。振り返って驚愕する。

「……ひょっとして、美海さん？」

「瑞季さん！」

店の奥から現れたのは、アトリエ・ラパンで一緒に働いていた瑞季さんだった。

「……それでこのプチブーケ」

「あ、それですか？」

下に並んだブーケを見て瑞季さんが微笑む。

「ラパン時代のあれを復活させちゃいました。楽しみにしてくださっているお客様も多いんですよ」

「そうだったんですね。それじゃあここは、瑞季さんの？」

「ええ。あのあと他のお店で修業して、つい最近自分の店を持ったんです」

「瑞季さん、夢を叶えたんですね」

「はい。大変だったけれど、家族にも協力してもらってなんとかここまできました」

改めて四年の月日の長さを思う。瑞季さんは自分の信念を貫いて前に進んでいた。

「それにしても、ずっと心配してたんですよ。ご親戚のうちに行くって聞いてから連絡が途絶えてしまって」

いらぬ心配をかけたくなくて、瑞季さんには島へ帰ることを伏せ、東京の親戚にやっかいになると嘘をついていたのだ。東京を出る時に携帯も解約していたし、気にはなっていたものの、彼女とも連絡を絶ってそれきりだった。

「ずっと連絡もせずにごめんなさい。実は色々事情があって、お店を辞めたあとすぐに故郷の島に戻ったんです」

「ひょっとして、そちらは」

瑞季さんが私の後ろに立つ貴裕さんと貴斗をちらりと覗く。

「初めまして、ですよね。妻がお世話になりました。美海の夫の時田です。そしてこちらが息子の貴斗」

「えっ、それじゃあ……」

「ええ、あの時お腹にいた子です」

「よかった、無事に生まれたんですね」

初めて会う人に驚いたのか、貴斗は貴裕さんの首にしがみついたままじっとしている。貴裕さんが、貴斗の背中をそっと撫でた。

「ほら貴斗、さっき練習したろ。お名前言えるかな？」

貴斗は貴裕さんから体を離すと、瑞季さんの方を見た。瑞季さんは期待の眼差しで貴斗のことを見ている、

「……ときたたかとです。三さいです」

「うわぁ、可愛い！　貴斗くん上手に言えるのね」

ついと近寄った瑞季さんにびっくりしたのか、貴斗はまた貴裕さんの首にしがみついた。そんな貴斗に、貴裕さんが苦笑いを浮かべている。

「ごめんなさい。眠いみたいであまり機嫌がよくなくて」

「子供ってそんなものですよ。それにしても懐かしいなあ。うちの子達もそんな頃あったなあ」

「瑞季さんお子さんは？」

「ふたりとももう小学生ですよ。ランドセル背負って走り回ってます」

ラパンにいた頃は、確かふたりともまだ保育園に通っていた。

「美海、積もる話もあるだろ。貴斗が眠そうだから、先に車に戻ってるよ」

「えっ、いいの？」

確かに貴斗は眠い目を擦っていて、限界が近そうだ。連日のお出かけで、疲れているのかもしれない。このまま車に乗れば、こてんと寝てしまうだろう。

「ああ、ごゆっくり。それじゃ失礼します」

貴裕さんはにこやかな笑顔を残して、去って行った。

「美海さんのご主人、素敵な人ですね。……でも、彼があの時の？」

四年前妊娠が発覚した時、私が『相手には妊娠したことは言えない』と言ったことを、瑞季さんは覚えているはずだ。初めから順を追って話をすることにした。

「……あの頃、そんなことがあったんですね」

「ラパンが閉まったのも、結局は私のせいだった。瑞季さんにも苦労をかけてしまって本当にごめんなさい」

「それは美海さんが謝ることじゃないですよ！」

ラパンが突然閉まることになった経緯を話すと、瑞季さんはとても驚いていた。

「それに、私が今店を持っているのは美海さんのおかげです。ラパンが大好きだったから、自分でもあんなお店を作りたいと思って」

「……瑞季さん、そういうふうに思ってくれてたんですね」

「ええ。それに、ラパン時代の常連さんも戻ってきてくださったんですよ。みんなお店がなくなって寂しかったみたいで、喜んでくださってます」

あの頃の自分が必死にやってきたことは、無駄じゃなかった。それを知れただけで、もう十分だと思った。

「美海さん、結婚式は？」

「その話は、まだこれからなんです」

事情が複雑だし、すでに貴斗もいるからと式は挙げずにいるつもりだったけれど、貴裕さんのお母様にも、けじめだからと結婚式を挙げることを勧められていた。

「前向きに考えてるってことですか？」

「それは、もちろん」

「それなら、私に結婚式のブーケを作らせてもらえませんか？」

「瑞季さんに？　……お願いしていいんですか？」

「ぜひ私に作らせてください！」

それでも、まだいつになるかもわからない話だ。詳細が決まり次第連絡することを約束して、私はその日、瑞季さんの店をあとにした。

パーキングに戻ると、貴斗は後部座席のチャイルドシートの中で爆睡、貴裕さんは電話をしていた。

「お待たせ。ごめんね、遅くなって」

「構わないよ。……美海、それは？」

「これは瑞季さんからのプレゼントなの」

今日入籍したばかりだと伝えると、瑞季さんが花束をプレゼントしてくれた。

「綺麗だな」

「ええ、こんなにたくさんの人に祝ってもらえて夢みたいよ」

素子さんや智雄さん、諏訪島のみんな、貴裕さんのお母様に瑞季さん。周りの人全てが、私達の結婚を祝ってくれている。

「美海」

花束を抱える私の手に、貴裕さんがそっと触れる。ふたりの指と視線が絡み合った。

「幸せにする。絶対」

「うん、私も」

どちらともなく目を閉じて、触れるだけのキスを交わした。


満開の桜が咲き誇る春、私と貴斗は貴裕さんが待つ東京へ引っ越しをした。

諏訪島を出る時は、涙が溢れて止まらなかった。

四年前、身寄りもなくたったひとりで貴斗を産むと決めた私を、温かく迎え入れてくれた人達。働く場所を与えてくれ、見守っていてくれた智雄さんと素子さん、私達を『大事な家族』だと言ってくれた雄ちゃん。彼らのおかげで今の幸せがある。

これまで貴裕さんが住んでいたマンションで、三人での生活をスタートさせた。

貴裕さんは相変わらず忙しいけれど、貴斗が寂しくないよう可能な限り早く帰って来てくれる。

「美海、俺そろそろ行くよ」

家を出る貴裕さんを、貴斗と一緒にドアの前で見送る。

「貴斗行ってくるな」

「はーい、パパいってらっしゃい！」

元気に手を振る貴斗の頭を、貴裕さんがくしゃりと撫でる。

「美海、今日の約束忘れてないな」

「もちろん、十五時ね」

「楽しみにしてる」

そう言い残して、貴裕さんは慌ただしく家を出て行った。

「ママやくそくってなに？」

「今日ママとパパおでかけしないといけないところがあるの。だから貴斗はおばあちゃんちでお留守番していてね」

今日は私と貴裕さんが結婚式を挙げるホテルでの打ち合わせがある。その時にドレスの試着もすることになっているのだ。

忙しい貴裕さんに時間の確保は無理だろうと思っていたのだけれど。

『そんなこと、仕事より美海を優先するに決まってるだろう』

菅野さんに無理を言って、時間を作ってもらったようだ。貴斗のことは、お母様が預かってくれることになっている。

「やったー、ぼくばあばだいすき！」

相変わらずお母様は貴斗にメロメロで、可愛がってくれている。今日のことを話すと、『それなら貴ちゃんはうちで見るわ。一晩預かるから、あなた達もゆっくりしてらっしゃい』と上機嫌だった。

「貴斗、おばあちゃんちでおりこうにしててね」

「ぼくはいつでもおりこうさんだよー。ばあばもいつもほめてくれるよ」

ウキウキで、持って行くおもちゃを選んでいる。

待ち切れないというお母様から迎えの車が来たのがお昼過ぎ。私は貴斗を預けて、待ち合わせのホテルへと向かった。

「美海、こっち」

ブライダルコーナーに向かうと、貴裕さんはすでに着いていた。

「貴裕さん、早かったのね」

「ああ、美海のドレス姿が楽しみで」

思わず赤面してしまうようなことを、相変わらず貴裕さんは平気で口にする。そのたびに私は息も止まりそうになる。

「仲がよろしいんですね」

コーディネーターさんも顔を赤らめているのだが、貴裕さんは気にする様子もない。それどころか、甘い言葉を吐かれるたびあたふたしてしまう私を見て、面白がっている節さえある。

「ご案内いたします。こちらへどうぞ」

案内されたのは、ブライダルコーナーの奥にあるドレスルーム。壁に沿ってたくさんのウエディングドレスやカクテルドレスが並んでいる。

「奥様のサイズとご希望に合わせて、いくつかピックアップしてあります。どうぞ」

試着室近くの壁際に、数着のドレスがかけてあった。

「うわ……、どれも素敵」

そう派手でなくシンプルなものを、というのが私の希望だった。新婚とはいえ貴斗もいるんだし、いかにもなドレスは気恥ずかしい気がしたのだ。

気に入ったものを一通り試着したら、二時間近く経っていた。今すぐ決めなくてもいいと言われたので、試着のたびに撮ってもらった写真を見て、家に帰ってゆっくり決めることにした。

「ごめんね、長い時間。疲れたでしょう」

「いや、俺も楽しかったよ。どれも似合ってた」

今から式が楽しみだと貴裕さんが笑う。喉が渇いたのでお茶をして帰ろうと、貴裕さんと一階にあるティールームへ向かった。

「貴裕さんはどれがよかった？」

「そうだな、俺が印象に残ってるのはこれかな」

ティールームのテーブルで向かい合い、撮ったばかりの写真を見ながらふたりで話す。

「私はこれも結構好きだったんだけど……」

画面に出したのは、植物がモチーフのドレスで、蔦が絡まったような模様の肩ひもがついている。それが胸元まで繋がっていて、植物が好きな私には心惹かれるデザインだった。

「ああ、これはダメだ」

「えっ、どうして？」

どれも似合ってるって言ってくれたのに。

「肌の露出が多すぎる。すごく似合ってたけど、他のやつに見せたくない」

冗談かなと思ったけれど、違ったみたい。真面目な顔で首を振る貴裕さんを見て、つい吹き出してしまう。

「さすがに結婚式で新婦を邪な目で見る人なんていないわよ」

「いやわからないよ」

こちらへ、と貴裕さんが手招きをする。言われるままにテーブル越しに顔を寄せた。

「現に俺がそうだ。今にも君に手を出しそうで我慢するのが大変だった」

「たっ、貴裕さん！」

こんなところでなんてこと言うの。言い返そうとした私を、片手で制する。

「おっと失礼、電話だ」

意地悪な笑みを浮かべると、電話に出ながら店の外に出て行った。

照れくささと、恥ずかしさと、湧き上がる嬉しさとで顔が熱い。お冷を飲んでクールダウンしていると、ひとりの女性がコツコツとヒールの足音を立てて近づいて来た。

美しいウェーブを描く腰まである長い髪、人目を引く大きな目と清楚な笑みを浮かべる唇。でも私は、この唇が人のプライドを傷つけるような言葉を平気で吐くことを知っている。

「なんであなたがこんなところにいるの？」

冷たい瞳に見下ろされ、私は凍り付いた。四年前、私と貴裕さんがすれ違う原因を作った人、安藤さんだった。

友人とお茶でもしに来ていたのだろう。少し離れたところでふたりの女性が安藤さんのことを心配そうに見守っている。

「聞いたわよ。子供を使って、まんまと貴裕さんの妻の座に収まったんですってね。育ちが悪い人って、平気で汚い手を使うのね。汚らわしい」

あまりの暴言に驚いて、咄嗟に返事をすることができなかった。頭にカッと血が上っているのに、怒りのあまり指先はひどく冷たい。

「貴裕さんも貴裕さんだわ。あなたみたいな女性に簡単に引っかかるなんて。そんなに人を見る目がないのに、社長なんて務まるのかしら」

私だけならまだしも、貴裕さんのことまで貶めるなんて許せない。

人目も憚らず声をあげる安藤さんを見上げながら、冷静になれと自分に言い聞かせた。私と貴裕さんふたりで築き上げてきたものをなにも知らない彼女に、このまま言わせておいていいはずがない。

小さく息を吸って、安藤さんをキッと睨みつける。覚悟を決めて口を開いた。

「私達のことをなにも知らないあなたに、そんなことを言われる筋合いはありません。あなたがなにを言おうと、私はもう貴裕さんから離れるつもりはありません。……逃げません、絶対に」

「本当に、図々しいにもほどがあるわ」

「もう二度と俺達には近づくなと言ったはずだが」

ゾッとするほど低い声だった。いつの間にか貴裕さんが戻っていて、激しい怒りを滲ませた表情で、安藤さんを見据えていた。

「あなたの妄想で、私の妻を悪く言うのはやめてもらいたい」

「妄想だなんて、勝手に子供を産んだのは本当のことじゃない。それだって、きっとあなたの気を引くために……」

「――いい加減にしてくれないか」

発した言葉は、強い怒気を孕んでいた。

「君が、いったいなにを根拠に美海が俺には相応しくないと言ったのか知らないが」

私も見たことないほど冷たい目で、安藤さんを睨みつけている。

「俺が美海を選んだのは、彼女のことを心から愛しているからだ。……美海は他人に寄生して楽に生きることしか考えていないあなたとは違う。自立して、立派に子供を育ててきた」

「なにを……」

「最初から俺があなたを選ぶ可能性なんてかけらもない。思い上がるのもいい加減にしてくれ」

安藤さんはショックを受けた様子で声も出せずにいた。きっとここまで辛辣な言葉を他人からかけられたことなどないだろう。

「このことは、あなたのご両親にも報告させてもらう。いいか、二度と俺達の前に姿を現すな。行こう、美海」

きっぱりと言い放つと、貴裕さんは私の手を引いて店を出た。ティールームが見えなくなる場所まで歩いて、ふいに立ち止まる。振り返った貴裕さんの顔は青ざめていた。

「すまない、今さら君をこんな目に遭わせて」

「いいのもう。私なら平気」

貴裕さんの方が、ひどく傷ついたような顔をしている。安藤さんが私を傷つけたことに、彼は傷ついているのだ。私だって胸が痛い。

「安藤さんがいたのは偶然よ。きっとお友達とお茶をしてるところで私を見かけて、つい声をかけてしまったんだと思う」

高級ホテルのティールームに私がいたというのも、彼女を逆上させた一因だろう。彼女からしたら、私はこういう場には相応しくない人間だろうから。

「だからって、君を傷つけていい理由にはならない。君がいることに気がついたって、知らんふりをして立ち去ることもできたはずだ」

そんな振る舞いができる人なら、最初からこんなに拗れるほど私達の関係に口出しなんてしなかっただろう。

「……ちょっと驚いた。貴裕さんがあそこまで言うとは思ってなかったから」

ここまで私に食ってかかるということは、貴裕さんに対して好意を抱いていたのも事実だろう。そんな相手にああまで言われたら、私ならそう簡単に立ち直れない。

「あそこまで言わなきゃ、彼女はきっとわからないよ。拗《す》ねてあの性格を余計に拗らせるか、素直に聞き入れて心を入れ替えるか。そこから先は彼女次第だ」

「変わってくれればいいわね」

「ああ……」

私も貴裕さんも、彼女に不幸になって欲しいわけじゃない。

「美海」

貴裕さんが、繋いでいた手にキュッと力を込めた。顔を上げると、懇願するような目で私を見ている。

「……部屋を取ってもいいかな。美海のことだけ感じていたい」

今起きた全てのことを忘れて、貴裕さんだけを感じていたいのは私も同じだった。

「ええ」

部屋に入るなり、後ろから抱き竦められた。

「美海」

湿った声で名前を呼ばれ、吐息が耳に掛かる。顎を引き寄せられ、噛みつくようなキスをされた。

「苦し……貴裕さん」

キスの合間に漏らした言葉は、彼を煽っただけだった。そのままベッドにもつれ込み、息つく暇もなく唇を貪られる。いつの間にか入り込んだ舌が、歯列をなぞり抉じ開け、私の舌を絡めとった。口内で深く繋がり、徐々に快感が呼び寄せられる。溶けそうな脳内と多少の息苦しさで意識が朦朧とした頃、貴裕さんの唇が音を立てて離れた。

ベッドの上から見上げた彼の目は、荒々しい熱を帯びていた。貴裕さんはシュッと音を立ててネクタイを引き抜くと、ベッドの下に投げ捨てた。シャツのボタンを外し、それもまた脱ぎ捨てる。そのまま私の服と下着を一緒にたくし上げると、私の肌に噛みついた。頬に首筋に、私の肌全てをなぞるように彼が唇を這わす。やがてお互いの隙間を感じられなくなるほど溶け合って、ようやくふたりひとつになった。

「美海……」

止まらない律動が私を追い詰める。意識が弾け飛びそうになる寸前に、彼より先に言葉を吐き出した。

「貴裕さん……愛してる」

優しい彼がいつも先回りして、私にくれる言葉だ。今日くらいは、私から彼に言いたかった。

一瞬驚いて目を見開いた彼が、私を見つめ破顔した。

「俺も……、愛してるよ美海」

その顔を瞳に焼き付けて私はそのまま意識を手放した。

エピローグ

「うわ、ママきれい！」

純白のウエディングドレスに身を包んだ私を見て、貴斗が飛びついてきた。

あれから半年が経ち、私と貴裕さんはようやく結婚式の日を迎えた。今日ばかりは貴斗もおめかしをして、ご機嫌で私に纏わりついている。

「いいだろう、このドレス。パパが選んだんだ」

「うん、ママかわいい。おひめさまみたい」

生地に透かし模様の入ったマーメイドラインの上品なウエディングドレスは、二日間悩んだ末、貴裕さんが決めてくれた。私もとても気に入っている。

「いいなー、パパ。ママとけっこんできて。ぼくもママとけっこんしたい！」

貴斗の爆弾発言に、貴裕さんが一瞬ぎょっとする。すぐに余裕の笑みを浮かべたかと思うと、ほんの少し意地悪な顔をして貴斗を抱き上げた。

「ごめんな貴斗。パパ貴斗のこと大好きだけど、そのお願いだけは聞いてやれない」

「えーっ、なんで？」

ぷうっとほっぺたを膨らませる貴斗を見て、貴裕さんが笑う。

「ママはパパのお嫁さんなんだ。もう神様に誓ったから取り消せない。だから貴斗は他で見つけてくれ」

「えーっ、パパのいじわる！」

むくれてバタバタと暴れる貴斗を、貴裕さんが笑いながらあやしている。

「ふたりともいつまでもふざけてないで。さあ写真撮るわよ」

「ぼくママのとなりがいい」

「……仕方がないな。これだけは貴斗に譲ってやるよ」

貴斗を間に挟んで、三人でカメラの前に立つ。こうやって家族の思い出を切り取って、たまには振り返って家族みんなで「こんなこともあったね」と笑い合っていたい。

過去の私が想像もできなかった未来がここにある。

ひょっとしたら、登場人物が増えることだってあるかもしれない。

私達の未来は未知数。

そのたびに思い出が増えて、私達のアルバムはきっと、何冊にもなるんだろう。

完

あとがき

作品を最後までお読みくださり、ありがとうございます。美森萠です。

ベリーズ文庫三冊目となるこの作品ですが、小説をサイトに掲載するようになって初めてランキングで一位をいただき、私にとって一生忘れられない作品となりました。応援してくださった皆様に心から感謝いたします。本当にありがとうございました。

ちなみにベリーズカフェさんでは、この作品の後日談である番外編も掲載していま す。よかったら覗いてみてくださいね。

今作のテーマは、ずばり『シークレットベビー』です。すでにたくさんの作家さんが書いていらっしゃるジャンルなので、私なりに個性を出したくて、作品の舞台を都会ではなく小さな島にして（田舎を書くのは得意です！）、ヒーローにもヒロインの心を取り戻すまで一週間、と厳しい制約をつけました（笑）。楽しんでいただけたなら幸いです。

最後にこの場を借りまして、この本の出版に携わってくださった皆さまに感謝申し上げます。特に担当の福島様には、執筆スピードの遅い私を何度も励ましていただきました。本当にありがとうございました。

そして、前担当の篠原様、編集の若狭様、大人っぽくて素敵な美海と貴裕、そして可愛いが爆発している貴斗を描いてくださった敷城こなつ先生にもこの場を借りてお礼申し上げます。

最後になりましたが、読者の皆様にも深く感謝いたします。皆様の存在が、私の支えです。いい作品を書くことで皆様にお返しできるよう、これからも書き続けます。

美森《みもり》　萠《めぐむ》

美森 萠先生への
ファンレターのあて先

〒104-0031
東京都中央区京橋1-3-1
八重洲口大栄ビル7F
スターツ出版株式会社　書籍編集部　気付

美森 萠 先生

本書へのご意見をお聞かせください

お買い上げいただき、ありがとうございます。
今後の編集の参考にさせていただきますので、
アンケートにお答えいただければ幸いです。

下記URLまたはQRコードから
アンケートページへお入りください。
https://www.berrys-cafe.jp/static/etc/bb

官能一夜に溺れたら、極上愛の証を授かりました

2021年9月10日　初版第1刷発行

著　　者　美森 萠
©Megumu Mimori 2021

発 行 人　菊地修一

デザイン　カバー　ナルティス
フォーマット　hive & co.,ltd.

校　　正　株式会社鷗来堂

編集協力　若狭 泉

編　　集　福島史子

発 行 所　スターツ出版株式会社
〒104-0031
東京都中央区京橋1-3-1　八重洲口大栄ビル7F
TEL　出版マーケティンググループ　03-6202-0386
(ご注文等に関するお問い合わせ)
URL　https://starts-pub.jp/

印 刷 所　大日本印刷株式会社

Printed in Japan

ISBN 978-4-8137-1143-8　C0193

ベリーズ文庫　2021年9月発売

『官能一夜に溺れたら、極上愛の証を授かりました』　美森《みもり》 萠《めむぐ》・著

フローリストの美海は、御曹司・時田と恋に落ちる。彼と一夜を共にし、のちに妊娠が発覚。しかし彼に婚約者がいることがわかり、美海は身を引くことに…。しかし3年後、地元で暮らす美海の元に時田が現れて⁉　「ずっと捜してた」――空白の時間を取り戻すかのように溺愛され、美海は陥落寸前で⁉

ISBN978-4-8137-1143-8／定価715円（本体650円＋税10%）

『クールな外科医はママと息子を溺愛したくてたまらない～秘密の出産だったはずですが～』　夏雪《なつゆき》なつめ・著

密かに出産した息子の頼と慎ましく暮らす美浜。ある日、頼の父親である外科医・徹也と再会する。彼の立場を思ってひっそりと身を引いたのに、頼が自分の子供と悟った徹也は結婚を宣言してしまい…⁉　頼だけでなく美浜に対しても過保護な愛を隠さない徹也に、美浜も気持ちを抑えることができなくなり…。

ISBN978-4-8137-1144-5／定価704円（本体640円＋税10%）

『エリート外交官と至極の契約結婚【極上悪魔なスパダリシリーズ】』　若菜《わかな》モモ・著

ドバイのホテルで働く真佳奈は、ストーカーに待ち伏せされていたところを外交官・月城に助けられる。すると彼は契約結婚を提案してきて…⁉　かりそめ夫婦のはずなのに、なぜか色気たっぷりに熱を孕んで迫ってくる月城。真佳奈は彼の滾る愛に陥落寸前で…⁉　極上悪魔なスパダリシリーズ第一弾！

ISBN978-4-8137-1145-2／定価715円（本体650円＋税10%）

『極上御曹司に初めてを捧ぐ～今夜も君を手放せない～』　滝井《たきい》みらん・著

自動車メーカーで働く梨乃は、家庭の複雑な事情から自分は愛されない人間だと思っていた。唯一の肉親である兄が心配し、旧友・優に妹の世話を頼むも、それは梨乃の会社の御曹司で…⁉　ひょんなことから、一緒に住むことになったふたり。心と体で深い愛を教え込まれ、梨乃は愛される喜びを知り…。

ISBN978-4-8137-1146-9／定価726円（本体660円＋税10%）

『君との子がほしい～エリート脳外科医とお見合い溺愛結婚～』　未《み》華《はな》空《そら》央《お》・著

幼稚園教諭として働く男性恐怖症の舞花。体を許せないことが原因で彼氏に振られて消沈していた。そんな折、周囲に勧められて脳外科医の久世とお見合いをすると、トントン拍子に結婚生活が始まって…⁉　次第に久世に凍てついた心と体が熱く溶かされ、舞花は初めて知る愛に溺れて…⁉

ISBN978-4-8137-1147-6／定価715円（本体650円＋税10%）

ベリーズ文庫 2021年9月発売

『8度目の人生、嫌われていたはずの王太子殿下の溺愛ルートにはまりました』 坂《さか》野《の》真《ま》夢《む》・著

王女フィオナは敵国の王太子・オスニエルに嫁ぐも、不貞の濡れ衣を着せられ処刑されたり、毒を盛られたり…を繰り返し、ついに8度目の人生に突入。愛されることを諦め、侍女とペットのわんこと楽しく過ごそう！と意気込んでいたら…嫌われていたはずの王太子から溺愛アプローチが始まって…!?

ISBN978-4-8137-1148-3／定価748円（本体680円＋税10%）

『悪役幼女だったはずが、最強パパに溺愛されています！』 朧月《おぼろづき》あき・著

前世の記憶を取り戻した王女ナタリア。実は不貞の子で獣人皇帝である父に忌み嫌われ、死亡フラグが立っているなんて、人生、詰んだ…TT　バッドエンドを回避するため、強面パパに可愛がられようと計画を練ると、想定外の溺愛が待っていて…!?　ちょっと待って、パパ、それは少し過保護すぎませんか…汗

ISBN978-4-8137-1134-6／定価726円（本体660円＋税10%）

ベリーズ文庫 2021年10月発売予定

Now Printing

『離婚前提の契約結婚のはずですが!?～懐妊妻はエリートパイロットの寵愛に溺れる～』 紅《くれない》カオル・著

航空会社のグランドスタッフとして働くウブな美羽は、心配性の兄を安心させるため、利害が一致したエリート機長の翔と契約結婚をすることに。かりそめの関係だったはずなのに、体を重ねてしまった夜から翔の態度が急変！ 真っすぐな愛情を向けられ戸惑う毎日。そんなとき美羽の妊娠が発覚し…!?

ISBN 978-4-8137-1158-2／予価660円（本体600円＋税10%）

Now Printing

『極上悪魔なスパダリシリーズ　弁護士編』 佐倉伊織《さくらいおり》・著

パワハラ被害にあっていたOL・七緒は、弁護士・八木沢と急接近。口ではイジワルな態度で七緒を翻弄する八木沢だが、肝心な場面で七緒を守ってくれる八木沢。2人は反発しあうも徐々に惹かれあい、恋に落ちる。やがて七緒は2人の愛の証を身ごもると、溺愛は加速するばかりで…。人気シリーズ第2弾！

ISBN 978-4-8137-1159-9／予価660円（本体600円＋税10%）

Now Printing

『離婚から始めましょう』 高田《たかだ》ちさき・著

恋愛経験の少ないウブな和歌は、お見合いでイケメン社長・慶次と出会う。断ろうと思っていたのに、トントン拍子に話が進み結婚することに。しかし、同居後迎えると思った初夜、ドキドキしているのに彼は姿を現さない。その後も接触がなく離婚を考えていたのに、ある日彼の過保護な独占欲が爆発して…!?

ISBN 978-4-8137-1160-5／予価660円（本体600円＋税10%）

Now Printing

『サレ妻の私を幼馴染の御曹司が奪いにきました』 砂川雨路《すながわあめみち》・著

宮成商事のご令嬢として、お嫁にいくために生きてきた里花。昔、恋心を抱いた奏士がいたが、その気持ちも封じ込めていた。その後、お見合いで知り合った男性と結婚するが、浮気やモラハラに悩まされ…。そんな折、社長になった奏士と再会。里花は徐々に心を絆され、抑え込んでいた恋心が疼きはじめて…。

ISBN 978-4-8137-1161-2／予価660円（本体600円＋税10%）

Now Printing

『大好きな旦那様～たとえ子づくり婚だと言われても～』 宝月《ほうづき》なごみ・著

社会人2年目の悠里は、御曹司で部長の桐ケ谷に突然プロポーズをされる。彼が周囲から跡継ぎを熱望されていると耳に挟み、自分は跡継ぎを残すために妻に選ばれたのだと思い込んで…!?　「今すぐにでも、きみとの子が欲しい」――子作り婚だと分かっていても、旦那様から一身に受ける溺愛に溺れていき…。

ISBN 978-4-8137-1162-9／予価660円（本体600円＋税10%）

タイトル、価格等は変更になることがございますのでご了承ください。